DISCOURS

SUR

L'ALLAITEMENT

ET L'ÉDUCATION PHYSIQUE DES ENFANS;

ET

DISSERTATION

SUR UN FOETUS

TROUVÉ

DANS LE CORPS D'UN ENFANT MALE.

DISCOURS

ET

ESSAI APHORISTIQUE

SUR

L'ALLAITEMENT

ET L'ÉDUCATION PHYSIQUE DES ENFANS;

PAR VERDIER-HEURTIN,

Maître-ès-arts en la ci-devant Université; bachelier en médecine des anciennes écoles; docteur-médecin de celle de Paris; membre de la société académique des sciences de la même ville; accoucheur, etc.

Inducti discant, et ament meminisse periti.

A PARIS,

Chez
- L'AUTEUR, rue des Prouvaires, numéros 569 et 30;
- CROULLEBOIS, Libraire, rue des Mathurins;
- MÉQUIGNON, Libraire, rue de l'École de Médecine;
- PETIT, Libraire, palais du Tribunat, n°. 229.

DE L'IMPRIMERIE D'ÉGRON, RUE DES NOYERS.

AN XII. — 1804.

DISCOURS

SUR L'ALLAITEMENT

ET L'ÉDUCATION PHYSIQUE DES ENFANS. (*a*)

Dans les premiers tems connus, l'homme, en suivant l'instinct de la nature, se vit renaître dans de nombreux et robustes enfans.

Que les tems sont changés !

Si de cette enfance du genre humain, on jette la vue sur le tems présent, on ne peut se dissimuler que l'homme, arrivé au plus haut degré de splendeur par les connoissances immenses qu'il a acquises, est de beaucoup déchu en le considérant du côté physique.

En effet, combien était robuste la constitution de ces patriarches, dont l'existence ordinaire s'étendait au-delà d'un siècle; de ces athlètes vainqueurs aux jeux olympiques, dont les statues antiques nous rappellent la belle conformation, en comparaison des hommes de nos jours! Les hommes de guerre, sous Alexandre, et moins loin de nous, les soldats romains, gaulois, germains, chargeaient leurs corps d'armures si pesantes, que nos frêles machines en se-

---

(*a*) Ce discours doit servir d'Introduction à un ouvrage intitulé : *Le Médecin des Mères et des Enfans* , et présente, 1°. l'*Histoire de l'allaitement* chez différens peuples ; 2°. l'*Histoire des préjugés* sur la grossesse, la couche, l'allaitement et l'éducation physique des enfans ; 3°. l'*Etat actuel de la science* ; 4°. des *Idées sur l'erreur en médecine* , et sur les moyens de l'éviter; 5°. enfin , le *Plan de l'ouvrage* qu'il annonce et précède. (1)

I

raient écrasées; et leur vie était aussi plus longue que la nôtre. (2)

> Nos pères, bien moins forts que n'étaient nos aïeux,
> Ont eu pour successeurs des enfans plus débiles.

Si l'on examine aussi la population, on la verra, dans les premiers tems, s'accroître d'une manière qui paraîtrait miraculeuse, si l'on n'en connaissait les motifs; tandis qu'elle est maintenant stagnante dans la plupart des états.

Ce que nous savons des innombrables armées que pouvaient mettre sur pied les premiers potentats; (3) ce qui nous reste de ces merveilles du monde, (4) qui n'eussent été ni entreprises, ni confectionnées sans une étonnante population; tout prouve que cette population est considérablement décrue. Diodore de Sicile et Strabon, contemporains de César et d'Auguste, s'en plaignaient déjà de leur tems.

Où chercher les causes de cette dégénérescence des individus et des peuples?

Principalement dans la coutume de l'allaitement mercenaire; dans ces meurtrières routines qui règlent l'éducation physique des enfans, sources de quelques-unes de ces maladies dont la médecine a, dans les tems modernes, augmenté son répertoire; enfin, dans les préjugés qui conduisent les femmes enceintes et les mères.

Ce n'est pas que je veuille nier toutes les causes de destruction et de dégénérescence qui concourent avec celles-ci. Que l'historien qui a étudié les ressorts qui forment et détruisent les empires, dise comment tant de royaumes florissans ne vivent plus que dans la mémoire; comment tant de contrées populeuses sont maintenant changées en déserts ; qu'il nous dise les dévastations de ces hommes appelés des héros , des Alexandre , des Omar, des Attila ; qu'il nous dise , pour nous en faire horreur, combien la superstition a ensanglanté et dépeuplé la terre ; comment la dépravation des mœurs a fait dégénérer les hommes , et combien elle en a détruit ; qu'il nous dise enfin en quel tems et comment des bouleversemens imprévus ont emglouti des cités entières, quels vastes pays ont disparu de la surface du globe, je me bornerai à peindre les dépopulations dues à la mauvaise éducation physique ; *et l'expérience des races passées deviendra un tableau d'instruction pour les races présentes et futures.*

Et qu'on ne s'imagine pas que cette cause ne soit rien en comparaison des premières. Les guerres cruelles , la peste et la famine , n'ont peut-être jamais tant coûté de sang et de larmes que la mauvaise éducation , qui non seulement influe sur la génération présente , mais détruit ou débilite les germes des générations futures. Si l'on calculait ensuite ce que l'état perd par la mort d'un de ses membres au berceau , ou avant l'âge où il aurait pu procréer, on aurait un calcul bien autrement effrayant, puisque dès la troisième ou quatrième génération, et en moins de cent ans , un homme peut se voir le père de plusieurs centaines d'hommes.

On ne peut aussi se dissimuler que l'invention de la poudre à canon fut une cause de dégénération physique , comme l'observe très-bien Ballexserd ; car la force devenant inutile, on n'a plus autant cherché à l'acquérir : l'établissement légal du célibat , ainsi que la faveur que l'on a accordée à cette pratique contre nature , offrent une autre cause de dépopulation ; mais ni l'une ni l'autre ne sont de notre objet.

§. I. Histoire de l'allaitement.

Jettons d'abord un coup d'œil sur l'allaitement et sur l'influence qu'il paraît avoir eu sur la population, chez les différens peuples dont l'histoire nous est plus particulièrement connue.

« Si l'on remonte, dit Plutarque, (a) aux premiers siècles du monde, on ne trouve aucune trace de cette indigne pratique de louer des nourrices, et de sacrifier de tendres victimes à la cupidité et à l'avarice de mères empruntées. »

Cependant, nous devons nous dire que non loin de sa naissance, des femmes ont dû être victimes d'un accouchement laborieux ou de maladies consécutives, et que l'on a dû dès-lors recourir à l'allaitement étranger : la première nourrice fut donc une femme secourable, que l'humanité porta à partager entre deux êtres la nourriture destinée à un seul.

Les choses restèrent sans doute long-tems en cet état ; et le premier monument que nous ayons de l'emploi des nourrices mercenaires est chez les Hébreux. Cependant, nous voyons qu'il n'y a point de nation où l'allaitement maternel ait d'abord été plus en vigueur. Si Rebecca eut une nourrice, c'est le seul exemple d'une nourriture étrangère que nous présentent les premiers tems de l'existence du peuple hébreu.

Quelle fut la suite de cette stricte observation des lois de la nature ? Abraham eut huit enfans, Ismaël en eut douze, Jacob douze, et tous vécurent ; (b) tandis que de

---

(a) Inst. cap. 4.

(b) Genèse, chap. 25 et suiv.

nos jours, d'un pareil nombre, il n'en reste quelquefois pas un. (a)

Les douze enfans d'Israël furent les pères d'une postérité si nombreuse, qu'à leur entrée dans l'Egypte,
l'an 1705 avant J.-C., leur famille n'était composée que
de soixante-dix personnes; (b) et qu'à la sortie de ce pays
de leurs descendans, deux cent seize ans après, les Israé-
lites en état de porter les armes étaient au nombre de
six cent cinquante mille. (c) Ce peuple erre pendant quarante années de déserts en déserts; une génération entière est éteinte, et leur nombre n'est pas diminué. A une
époque plus avancée, l'allaitement maternel est encore
en honneur : mais après l'établissement des Hébreux
dans la Terre-promise, et sous des rois, l'allaitement
mercenaire commence à prendre faveur; et lors de leur
ruine et de leur dispersion, les nourrices étaient extrêmement communes parmi eux.

L'allaitement suivit la même marche en Grèce. Homère, ce poëte historien, nous montre l'allaitement maternel comme une coutume généralement reçue: (d)
Hécube nourrit Hector; Andromaque nourrit son fils
Astyanax; Pénélope, Télémaque. A mesure que l'on

(a) Birmingham, chirurgien anglais, dit, dans un de ses ouvrages,
qu'il est fils d'une mère qui a eu vingt-six enfans, dont quatre avant
terme; et qu'il est le seul que sa mère ait nourri, le seul qui vive.

(b) Exode, chap. 1.

(c) Nombres, chap. 1 et suiv.

(d) Et qu'on ne dise pas qu'Homère, comme poëte, a pu altérer la
vérité : il l'a tellement respectée, que « les principales maisons de la
Grèce cherchaient, dans ses ouvrages, les titres de leur origine; et
que son témoignage a souvent suffi pour fixer les anciennes limites
de deux peuples voisins. » (*Anacharsis, Introd. et Eustac. in Homer.*
tom. 2, p. 263.)

descend vers des tems moins anciens, il devient
moins commun ; cependant il était encore si honoré,
qu'Euripide parle, dans une de ses tragédies, (a) d'une
dame troyenne captive, qui allaita les enfans de son
maître, *pour ne pas*, dit-il, *être obligée d'embrasser un
état plus vil.*

Démosthènes (b) rapporte l'histoire d'une femme
citoyenne accusée en justice de s'être louée pour allaiter un enfant, et qui ne se disculpa qu'en alléguant sa
misère.

Chez les Lacédémoniens, c'était une règle générale,
et presque sans exception, que la mère devait nourrir
ses enfans. (c)

Des deux fils que Thomiste, septième roi de Lacé-
démone, laissa à sa mort, les Lacédémoniens élurent
le cadet, parce qu'il avait été allaité par sa mère ;
l'aîné, qui ne l'avait pas été, n'avait pu, selon eux,
succéder aux vertus de ses pères. (d)

A ces différentes époques, suivant le calcul qu'en a
fait Vallace, d'après Athénée, Isocrate, Plutarque et
Templeman, la population de la Grèce était telle, que
de nos jours les pays les plus peuplés le sont moitié
moins ; (e) et ces autorités se confirment des terribles
guerres qu'elle eut à soutenir, des pertes considérables
qu'elle éprouva sans être vaincue et dépeuplée.

(a) Trajan, act. 2, sc. 1.

(b) Harangue IX.

(c) *Apud Lacedemonios omnis mulier mater infantuli nutrix est.*
HYGINUS.

(d) Joubert, *Erreurs populaires sur la Médecine*, part. I, liv. 5,
p. 425.

(e) *Essai sur la différence du nombre des hommes dans les tems
anciens et modernes.* Vallace, trad. de l'anglais, par Joncourt, p. 102
et suivantes.

Cependant, dans les beaux jours d'Athènes, l'allaitement mercenaire était une coutume presque générale parmi les riches et les grands, qui allaient chercher à Sparte et parmi les esclaves des nourrices pour leurs enfans. Cet usage passa ensuite dans les classes inférieures; puis de proche en proche gagna la Grèce entière, et s'est perpétué avec une sorte de superstition jusqu'à nos jours, parmi ces Grecs abâtardis, qui de leurs pères n'ont conservé que le nom.

Pourtant, il faut le dire, l'usage des nourrices n'est pas aussi universel dans ces tems anciens qu'il le paraîtrait au premier coup d'œil; car il est constant qu'on donnait aussi ce titre, chez les Grecs et les Romains, et peut-être chez d'autres peuples, aux femmes chargées du soin des enfans.

Juvenal dit que les dames romaines louaient des nourrices seulement pour se faire accompagner.

Dès les tems les plus anciens, les femmes grecques se faisaient suivre de quelques vieillards qui leur avaient servi de gouverneurs dans leur enfance, et qu'on appelait leurs pères nourriciers. (a)

Si des Grecs nous passons aux Romains, nous voyons revivre l'usage de l'allaitement maternel avec une nouvelle et salutaire vigueur.

« C'était une coutume établie, dit Tacite, (b) dès les premiers tems de la fondation de Rome, que chaque mère allaitât ses enfans....... et cette coutume se perpétua et se maintint près de cinq siècles. »

« Jusqu'à cette époque, dit Thomas, (c) les femmes

(a) *Antiquités grecques*, ouvrage anglais de Th. Harwood.
(b) Annal.
(c) *Essai sur le caractère, les mœurs et l'esprit des Femmes*, p. 25.

romaines, donnant tout à la nature, et rien à ce qu'on appelle amusement, assez barbares pour ne savoir être qu'épouses et mères, ignorant qu'il y eût d'autres plaisirs, passaient leur vie dans la retraite à nourrir leurs enfans, et à élever pour la république une race de laboureurs ou de soldats, et bien avant dans la nuit maniaient tour à tour pour leurs époux l'aiguille et le fuseau. »

Aussi Rome vit-elle s'accroître de jour en jour sa population et sa force, et se maintenir la pureté des mœurs. Bientôt des armées, recrutées dans son sein, vont subjuguer l'Italie; et jointes ensuite à des peuples non moins nombreux, inonder et asservir presque tout le monde connu. (5)

Le luxe, introduit par l'effet des conquêtes, amena l'emploi des nourrices mercenaires; mais long-tems encore les mères qui se dispensèrent de nourrir furent mésestimées.

Tiberius Gracchus, au rapport de Tite-Live, ne craignit pas de montrer en public la différence qu'il mettait entre sa propre mère et celle qui l'avait allaité; lorsqu'impatientes l'une et l'autre de le voir à son retour de l'armée, et se portant au-devant de lui, il ne présenta à sa mère qu'une bague d'argent, et à sa nourrice un collier d'or. Leçon terrible que bien des auteurs ont citée, mais que l'on ne peut trop rappeler à la mémoire des mères !

Cornelius Scipion donna le même exemple; car ayant condamné à mort dix de ses plus vaillans capitaines, il méprisa l'intercession des premiers de Rome, qui le suppliaient de leur pardonner, même celle de Scipion l'Africain, son frère; et ne céda qu'à sa sœur de lait: et comme on le lui reprochait, il répondit qu'il tenait plus pour mère celle qui l'avait allaité que celle qui l'avait enfanté. (*a*)

Mais quand on vient à ces tems d'éclipse de la liberté romaine, à ces règnes honteux d'empereurs, eux-mêmes la honte du genre humain, on voit l'allaitement mercenaire devenir presque une loi, et l'allaitement maternel un signe de servitude.

« Est - ce donc, dit César, que les dames romaines n'ont plus d'enfant ni à porter, ni à nourrir, que l'on ne voit plus entre leurs mains que des chiens et des singes ? »

Quelques familles résistèrent à ce torrent. Caton ne souffrait pas que dans sa maison aucune femme se dispensât de nourrir ses enfans. (*b*) Il paraît que l'épouse d'Auguste, maître du monde, nourrit les siens. Plus tard, Flaccilla, femme de l'empereur Théodose, nourrit Honorius son fils.

L'allaitement mercenaire, suite de la dépravation des mœurs, devint à son tour une des causes de la plus grande dépravation qui jamais eût existé. (6) Aussi bientôt ce colosse romain vit de toutes parts s'écrouler sa puissance, et devint la proie de nations qui, par l'allaitement maternel et une éducation mâle, s'étaient créées une immense population et une grande force de corps.

Au premier rang des vainqueurs de ces conquérans illustres, se montrent les Germains et les Gaulois, nos

---

(*a*) Joubert, *Erreurs populaires sur la Médecine*, part. I, liv. 5, p. 422.

(*b*) Plutarque.

pères. Chez ces peuples barbares, chaque mère nourrissait ses enfans. (*a*)

Les peuples du nord ont en général conservé plus
long - tems cette salutaire coutume : aussi des hordes
barbares, sorties des forêts de la Germanie, ont - elles
en différens tems inondé de l'exubérance de leur
population les contrées méridionales, et conquis des
nations entières : c'est ce qui a fait dire que le nord
était la pépinière des hommes ; *officina gentium*.

L'Allemagne est le pays où l'allaitement maternel
est encore le plus en vigueur ; il est aussi un des plus
peuplés.

Cet usage se maintint en France pendant les premiers siècles de la monarchie. Il paraît que sous Char-
lemagne il étoit presque universel. Plus tard il fut en
grand honneur. La reine Blanche, mère de Saint-
Louis, nourrit elle - même son fils ; et elle tenait si
fort à cette prérogative, qu'elle lui fit rendre, en lui
portant le doigt dans la bouche ; le lait qu'une autre
femme venait de lui faire prendre en son absence. Les
dames de la cour imitaient leur souveraine ; et l'on peut
croire que dans les classes inférieures, les femmes ne
se dispensaient pas de remplir ce devoir sacré.

Peu de reines donnent maintenant ce bel exemple :
cependant, en 1741, Marie - Thérèse, reine de Hongrie, archi-duchesse d'Autriche, obligée de conquérir
ses états les armes à la main, au milieu des camps et
des alarmes, nourrissait ses enfans. (7) La reine de
Danemarck, fille et sœur des rois d'Angleterre, allai-
tait un des siens, avec succès, en 1771.

(*a*) *Sua quemque mater uberibus alit, nec ancillis ac nutricibus delegantur.* Tacite, ch. 18 et 20.

Que répondront à ces faits les détracteurs de l'allaitement maternel, qui prétendent que « dans les premières classes de la société, les femmes, trop loin de la nature, ne peuvent nourrir sans danger ? »

Par une gradation insensible, l'allaitement maternel fut, en France, remplacé par le mercenaire, qui était presque seul en usage dans le siècle dernier, lorsque l'immortel Rousseau vint de sa rare éloquence foudroyer cette coutume meurtrière. Il se fit des prosélytes : il était tems ; la population chaque jour diminuait. Montesquieu assure que de son tems elle était très-inférieure à ce qu'elle était du tems de César ; et les calculs les plus modérés viennent à l'appui de cette assertion. (8)

L'allaitement maternel existait dans ces contrées populeuses que la dévastation des Espagnols a rendues si célèbres.

Il existait et il existe encore en Géorgie, en Circassie, où l'intérêt personnel l'a rendu constant, pour conserver ou faire naître des charmes dont on retire un profit considérable : (a) et Strabon, qui a voyagé dans la première de ces contrées, en observateur, dit que « nulle part les hommes n'étaient aussi grands ni aussi beaux, et que les femmes étaient les plus charmantes de toutes les femmes. » (b) On leur rend encore cette justice aujourd'hui.

En Chine, cette contrée si extraordinaire par le maintien de ses antiques usages, du nombre desquels

(a) La Géorgie et la Circassie fournissent les principaux sérails de la Turquie.

(b) Encyclopédie méthodique, article *allaitement*.

est l'allaitement maternel , (*a*) la population est si grande, qu'il n'y a point de peuple qui en approche. D'après ce qu'on lit dans le *Voyage du Lord Marcatney en Chine* , chaque mille carré y contient, l'un dans l'autre , trois cents habitans; ce qui excède d'un tiers la population des pays de l'Europe les plus peuplés. (9) Aussi est-il dit , dans le même auteur : « Il est rare de ne voir, en Chine , qu'un seul fils dans une même famille , très-rare d'y voir des successions indirectes ; nulle part les familles ne sont plus unies , nulle part les mœurs ne sont plus pures. »

Il est donc vrai que l'accroissement de la population, et même la pureté des mœurs , ont presque toujours accompagné l'allaitement maternel ; la dépravation et la dépopulation, l'allaitement mercenaire.

Mais nous irions contre nos principes , si nous établissions comme seule preuve irrécusable des avantages de l'allaitement maternel , des faits dont les résultats sont, il faut l'avouer, plus ou moins hypothétiques ; c'est par des faits particuliers , et dont la vérité ne peut être contestée, que nous allons corroborer les faits généraux , et mettre hors de doute les conséquences que nous tirons des uns et des autres.

Harris , médecin anglais , nous apprend « qu'un recteur d'une paroisse fort étendue et fort peuplée, à douze milles de Londres, située en très-bon air, lui avait assuré avec douleur que cette paroisse , lorsqu'il en fut fait pasteur, était remplie d'enfans en nourrice, et que, dans l'espace d'une année , il les avait tous enterrés, à l'exception de deux et de son fils unique ;

(*a*) On convient assez généralement que la Chine existe en corps de nation depuis plus de quatre mille ans.

qu'un pareil nombre avait rempli, avec le même sort, à deux diverses fois, la place des autres : ce qu'il attri-buait à la faute des nourrices. »

Raulin s'est assuré, (a) « qu'à Londres, de cent en-fans-trouvés confiés à des nourrices, il n'en reste ordi-nairement que quarante-deux à la fin de la seconde année ; qu'en Russie, on n'en élève pas plus d'un tiers ; qu'il en est de même en Danemarck ; qu'en Hollande, où les enfans-trouvés sont confiés à des nourrices sans passer par des hôpitaux, il en meurt quatre-vingt-dix-sept sur cent, à Lyon soixante-quatre, à Montpellier soixante, à Grenoble vingt-cinq ; qu'à Perpignan, de cent enfans légitimes, remis à des nourrices, il en meurt soixante-un ; qu'on n'y élève presque pas d'enfans-trouvés, mais que cette différence paraît tenir à des circonstances particulières, principalement au local qu'occupe près du Grand Hôpital celui des enfans-trouvés. »

Et si l'on s'imagine que ces effrayantes tables de mor-talité ne sont telles que parce qu'elles tombent sur des enfans-trouvés, que l'on jette un coup d'œil sur celles que M. Sympson a publiées en 1742, et d'après les-quelles il paraît qu'à Londres et aux environs, plus de la moitié des individus humains succombe avant l'âge de trois ans. (b)

On voit, par le rapport fait en l'an 11 sur la situation des hospices civils de Paris, que la mortalité sur les enfans trouvés va bien au-delà de la moitié ; et que celle qui existe sur les enfans envoyés en nourrice, par l'in-termédiaire du bureau, se monte dès la première année

(a) *De la Conservation des Enfans*, tom. 2, p. 269.
(b) *Dissertation sur les causes de mort des Enfans*. Ballexserd, note 31, p. 120.

au quart ; ce qui nous offre dans les subséquentes la même proportion ou environ que celle des enfans-trouvés. (10)

Tous les hospices établis en France pour ces malheureux enfans ne sont pas aussi heureux dans leurs résultats ; et l'on doit de grands éloges aux administrateurs de ceux-là. Bodin, (a) dans son livre *De la République,* dit qu'il a vu sur les registres d'un hôpital de France, que sur cinquante enfans qui y avaient été apportés, à peine un seul avait atteint l'âge de puberté.

M. Alphonse Leroy avance, dans le *Journal de Paris*, (an 1784) « qu'il périt, la première année de leur naissance, au-delà des deux tiers des enfans confiés dans les campagnes aux nourrices mercenaires. » Après le rapport dont nous venons de parler, ce calcul paraîtra exagéré ; cependant il peut être vrai pour quelques provinces.

Le même ajoute « que pourtant, avec les secours d'une médecine bien dirigée, il y a, dans l'état social, deux fois pour le moins plus de probabilité pour la vie que pour la mort des enfans ; ce qui est opposé aux probabilités reçues. »

Ceci nous paraît une erreur ; et quoiqu'elle pût favoriser nos opinions sur les avantages de l'allaitement maternel, la vérité, dont nous faisons profession, nous oblige de la combattre.

M. Leroy a raison dans un sens : il est certain qu'il y a plus de vitalité chez l'enfant qui vient de naître que chez tout autre ; que plus nous avançons en âge, et

---

(a) *Dissertation sur les causes de mort des Enfans ;* Ballexserd, note 10, p. 113.

plus cette somme de vie diminue ; que par conséquent la probabilité pour la vie devrait être plus grande , sous ce rapport , pour l'enfant que pour l'adulte. Mais en considérant la chose sous toutes ses faces , je ne crois pas qu'il en doive être ainsi. Il faut avouer que l'enfant avec plus de vitalité présente bien plus de prise aux chocs et impressions des corps extérieurs ; et que si , d'un côté, la nature fait plus pour lui , elle offre à l'art, quand elle est impuissante ou erronnée, moins de chances pour réussir : car , nous ne pensons pas , avec M. Leroy , qu'il soit *facile de changer les principes qui constituent l'enfant* ; (a) nous ne pensons pas avec lui , pour nous servir de ses propres expressions, *que la rapidité du mouvement et de la vie autour de chaque systême, et même de chaque molécule, soit un motif de mieux connaître ce que c'est que la vie* ; en un mot , nous ne pensons pas que la médecine des enfans soit plus facile que celle des adultes. A entendre ce célèbre professeur , à qui de brillans succès ont peut-être permis une telle exagération , l'enfant serait une machine dont il nous serait loisible de réformer à notre gré les ressorts, la forme et la matière. On sait tout ce que

_____

(*a*) « Il est beaucoup plus facile, dit ce médecin , de remédier aux maladies des enfans qu'à celles des adultes , parce que les causes en sont moins nombreuses , leurs sensations sont moins multipliées. Il est plus facile de connaître , de réparer, de modifier , de changer les principes qui les constituent. Ils se rapprochent plus de l'état élémentaire , ils sont plus homogènes ; les combinaisons sont moins multipliées ; les atmosphères qui circulent autour de chacun de leur systême sont plus étendues ; en sorte que si leur réseau est plus frêle , le mouvement, la vie qui circule autour de chaque systême, et même de chaque molécule, s'étend plus loin et se meut plus rapidement : de là vient que chez eux on peut mieux étudier et connaître ce que c'est que la vie. » (*Médecine maternelle* , préf. p. x.)

l'on peut obtenir d'une éducation perfectionnée, d'une médecine bien dirigée ; mais cela ne va pas sans doute jusqu'à pouvoir reconstruire l'enfant sur un nouveau modèle. La médecine infantile me paraît au contraire, avec le docteur Brouzet, (11) plus difficile que toute autre. D'abord l'enfant, ne pouvant nous donner aucun renseignement sur l'organe affecté, sur ce qu'il souffre, sur le mode de ses souffrances, nous sommes obligés de nous en rapporter à d'équivoques symptômes qui nous induisent trop souvent en erreur. L'administration des remèdes est aussi plus incertaine dans ce corps vierge ; je dis plus, je dis qu'il nous est impossible de nous bien assurer de l'effet d'aucun d'eux. On peut apporter en preuve de cette vérité, l'antipathie de telles constitutions pour tels médicamens ; antipathie qu'il est impossible de deviner ou de découvrir chez les enfans, sinon après plusieurs épreuves. Je pourrais citer cent exemples de l'inefficacité ou du danger, chez les enfans, des remèdes en apparence les plus innocens. *Mais leurs causes de maladies sont moins nombreuses,* dit M. Leroy : il oublie donc que les enfans peuvent apporter en naissant les germes de presque toutes les maladies dont sont affectés les auteurs de leurs jours. Nous conviendrons pourtant que leurs maladies acquises ont une marche plus régulière, plus simple que celles des adultes ; mais cet avantage ne rétablit point la balance. Concluons donc, contre l'avis de M. Leroy, que la mortalité doit être plus grande dans le bas âge que dans les subséquens ; mais elle est plus que décuple de ce qu'elle devrait être. (12)

Cette mort, ardente à dévorer les infracteurs des lois de la nature, n'est pas le seul des maux que nous ayons

ayons à redouter de la meurtrière coutume de l'allaitement mercenaire.

« Vous ne méritez rien de la patrie, a dit Juvenal, (a)
pour lui avoir donné un citoyen, si, par vos soins, il
n'est utile à la république dans la guerre et dans la paix,
et s'il n'est propre à faire valoir vos terres. »

« Qu'importe en effet à la société, dit Landais, (b)
quand il naîtrait beaucoup d'enfans, si ces enfans, usés,
énervés, et incapables de remplir les emplois et les charges, ne sont plus que des citoyens inutiles, *fruges consu-
mere nati.* Tout occupés de leur santé et de leur conservation, quelle part mettront-ils dans la mesure com-
mune des services que la société exige de tous? Ils de-
meureront insolvables; et leur dette ne sera point ac-
quittée par leur postérité, peut-être un jour plus
pauvre qu'eux. »

Ce n'est point aller au-delà de la vérité, de dire que
les trois quarts des enfans qui reviennent vivans de
nourrice, sont estropiés ou rendus maladifs pour le
reste de leurs jours.

Ainsi, de quelque côté que l'on envisage l'allaitement
mercenaire, on ne voit que la mort ou la déformation.

Nous avons présenté quelques faits qui tendent à
prouver son influence délétère sur les mœurs privées
et publiques : cependant, cette proposition n'est pas
susceptible d'une démonstration mathématique, parce
qu'il est trop de causes qui peuvent balancer et même
contrarier entièrement cette influence de l'allaitement
sur les mœurs; et nous nous y sommes peu arrêtés.

(a) Gratum est quod patriæ civem populoque dedisti,
   Si facis ut patriæ sit idoneus, utilis agris,
   Utilis et bellorum, et pacis, rebus agendis.
(b) *Dissertation sur les avantages de l'allaitement maternel*, p. 52.

Le raisonnement peut nous conduire ici plus sûre-
ment, et nous l'emploierons. Nous prouverons, je
pense, sans réplique, que ce n'est point la génération
seule qui produit l'amour paternel ; que ce sentiment
est aussi le résultat des soins que l'on doit et que l'on
donne à ses enfans, des peines même qu'ils font éprouver ; (13) que par conséquent l'absence de ces soins,
de ces peines, tend à l'affaiblissement de cette utile
affection, à la désunion des familles, et par suite à la
détérioration des mœurs publiques.

Facit parentes bonitas non nativitas. (PHÈDRE.)

Partisans de l'allaitement maternel.

Les biens manifestes, physiques et moraux, de l'allaitement maternel ; les maux réels de l'allaitement
mercenaire, ont dû dans tous les tems frapper les
hommes élevés au-dessus du vulgaire ; et il ne sera
pas hors de propos de rappeler ici leurs noms et
leurs préceptes.

Parmi les législateurs qui ont recommandé l'allaitement maternel, on peut compter Zoroastre, Lycurgue, qui en fit une loi formelle à Sparte, Mahomet.
Ce dernier fixe à deux ans complets l'allaitement
maternel, (a) à moins que la santé ne s'y oppose ;
et il ne permet à l'épouse de sevrer son enfant, que
du consentement de son mari. Il défend à la femme
dont le mari meurt pendant son allaitement, de se
remarier avant que l'enfant ait deux ans, à moins
qu'il ne vienne à mourir, ou que le lait de la mère
ne soit épuisé.

En Turquie, la veuve qui a nourri ses enfans, a par
les lois, des reprises plus considérables à faire. (14)

(a) Coran, t. 1, ch. 2, v. 32.

Loi juste, puisqu'elle récompense celles qui ont eu les véritables charges du ménage; loi sage, qui devrait être imitée par les législateurs modernes, qui ne pensent pas assez combien il serait pressant pour la prospérité des empires, de favoriser l'allaitement maternel. (15)

Les Chinois, d'après Confucius, leur premier législateur et moraliste, ont établi comme principale condition, pour faire admettre une femme dans un emploi, qu'elle ait nourri tous ses enfans. (a)

Plusieurs autres royaumes d'Asie ont poussé la rigidité jusqu'à ne permettre la succession aux biens et dignités des parens, qu'à ceux des enfans qui avaient été allaités par leur mère. (b)

Parmi les philosophes, ces législateurs de la pensée, qui ont proclamé les avantages de l'allaitement maternel, on compte en Grèce, Homère, Euripide, Démosthènes, Aristote, Plutarque, Strabon, Platon, qui, dans sa république, fait un commandement exprès de l'allaitement maternel, et qui représente les nourrices, comme l'excrément même de la nature; enfin, Aristophane, qui emprunta le masque de Thalie, pour ridiculiser l'allaitement mercenaire. (16)

Parmi les Latins, Tacite, Tite-Live, Phèdre, (17) Quintillien, Favorin, qui appelle les mères qui ne nourrissent pas, *prodigiosas mulieres, dimidium matris*, (18) Aulugèle, Ætius, Suétone, César, Pline, Caton, Marc-Aurèle. (19)

Les pères de l'Eglise chrétienne n'ont pas négligé

_____

(a) Joubert, *Erreurs populaires*, part. 1, p. 425.

(b) *Encyclop. méthod.*, art. *allaitement.*

ce moyen de rappeler l'homme aux bonnes mœurs et à la nature; presque tous s'élèvent avec force contre la coutume de l'allaitement mercenaire. (20)

Enfin, parmi les philosophes modernes, et les médecins qui se sont le plus occupés de rappeler les mères à leurs devoirs, nous pouvons citer le fameux chancelier de l'Hopital, (21) Montaigne, Erasme, Charron, Scévole de Sainte-Marthe, (22) Locke, Helvetius, Linné, Rousseau, Buffon, Diderot, Mirabeau, Bernardin de Saint-Pierre, Boërrhaave, Hoffman, Gardane, Petit, Tissot, Buchan, Saucerotte, Levret, Van Swieten, Désessarts, Alphonse le Roy, Verdier père, Ballexserd et Macquart. (23)

Les poëtes n'ont pas oublié non plus de chanter les attraits de l'allaitement maternel et les devoirs des mères. (24)

Oublierons-nous nous-mêmes de parler d'une femme, madame Le Rebours, qui, par son *Avis aux mères*, s'est placée au rang des partisans les plus éclairés de l'allaitement maternel, et qui a prouvé d'une manière incontestable, quoique certains auteurs affirment *que les femmes exercent, dans notre siècle, complètement les devoirs de la maternité, et vont même au-delà;* que l'allaitement mercenaire est encore une coutume beaucoup trop générale, et qui mérite toute l'animadversion des hommes de l'art; qui a prouvé de plus, que parmi celles qui prenaient le louable parti de nourrir, un grand nombre étaient victimes de pratiques meurtrières.

Quant à moi, je ne vois qu'une chose à dire à ceux qui prétendent que les femmes remplissent complètement leurs devoirs de mère; c'est que parmi

çelles qui ne nourrissent pas , il y en a les neuf-
dixièmes qui seraient en état de nourrir. (a)

Antagonistes de l'allaitement maternel.

L'ALLAITEMENT étranger eut aussi ses défenseurs ;
il fut mis , qui le croirait, en parallèle , et même
beaucoup au-dessus du maternel , par des auteurs,
éblouis sans doute par les biens passagers qu'il procure, quand ce dernier devient un mal.

C'est ainsi que les médecins Moschion , Vandermonde, Van-Helmont , Brouzet, Lascazès , refusèrent
aux mères la faculté de nourrir.

On ne sera pas étonné des assertions du premier,
quand on saura qu'il prétend qu'on accélère considérablement l'accouchement, en faisant avaler un
œuf d'oie à la femme en travail, ou en lui appliquant
sur la tête une couronne de raves, couvertes de fiente
de pigeon. (b)

Brouzet, rempli d'un vrai mérite, surprendra davantage, quand il desire que les gouvernemens in-
terviennent pour défendre l'allaitement aux mères,
et quand il prétend, par-là, rendre à la patrie, et par
femme, vingt années de stérilité; (25) mais en atten-
dant cette réforme, il laisse au moins à quelques-unes
le droit de nourrir. Vandermonde ne le laisse à aucunes, parce qu'aucunes, selon lui, ne le peuvent
sans danger pour les enfans, qui *placés*, dit-il, *entre*

(a) Il est né 21,018 enfans , à Paris , en l'an 10 ; 10,667 ont été nourris par leur mère , 3,820 ont été abandonnés , 6,531 ont été mis en
nourrice. (*Rapport sur les hospices* , *an* 11.) A qui pourra-t-on
faire croire qu'il est, à Paris, six mille et quelques exceptions à la loi
de nature ?

(b) *Essai sur l'Art des Accouchemens* ; Sue , tom. 1, p. 192.

le lait de leur mère et celui d'une nourrice, sont au milieu de deux écueils également dangereux. Les citadines mènent une vie trop molle, trop oisive ; les villageoises sont desséchées par le travail ; les citadines usent de mets trop succulens, ceux des villageoises sont âcres et salés. Mais la raison générale qui doit empêcher les femmes de nourrir, selon lui, c'est la gourmandise à laquelle sont sujettes toutes celles qui allaitent. On ne s'attendait pas de trouver la gourmandise en cette affaire.

Lascazès de Campayre, marchant sur les traces de Vandermonde, et le copiant le plus souvent, nous représente l'usage de nourrir ses enfans, comme une habitude du bon vieux tems, aujourd'hui très - dangereuse ; et c'est même à ses tristes yeux un crime aux mères de vouloir remplir ce devoir.

« Duchesse, dit - il, baronne, comtesse, marquise, bourgeoise, marchande ; toutes sont exposées aux effets d'une nourriture mal-saine, de boissons destructives, de l'inaction, d'un air clos, des passions : le lait des femmes de la campagne est aussi un poison lent et actif, que leurs enfans avalent à longs traits. La nourrice arrache de son sein tout ce qu'il y a de plus impur et de plus corrompu, pour le faire passer dans les humeurs saines de son enfant.» Il veut donc que celui - ci soit nourri avec le lait des animaux. Par ce moyen, ajoute t-il, « la terre sera plus peuplée, les états mieux composés, les royaumes plus florissans, et la face de la nature renouvelée. » (a)

Risum teneatis amici.

(a) *Avis aux Mères sur les dangers du maillot et du lait de femme.* Lascazès.

Si les actions sont innocentes ou criminelles, suivant le tort qu'elles apportent à leur auteur ou aux autres, ne peut on pas dire avec plus de fondement, que c'est un crime aux mères de ne pas nourrir, quand elles en ont le pouvoir et les moyens ?

Van-Helmont, le célèbre et fougueux Van-Helmont, a été plus loin encore que les précédent : il regarde tout lait comme pernicieux; et c'est avec une bouillie de pain, de miel et de bierre, qu'il veut que l'on nourrisse l'enfant. (a) Il craint que le lait de la mère *n'émousse chez lui l'activité de l'entis cedrini, de l'arboris vitæ ;* (b) et sa bouillie est une panacée, dont il attend la destruction de toutes les maladies, et la prolongation de la vie, bien au-delà du terme ordinaire. Nouveau Prométhée, il a ravi le feu du ciel.

De pareilles exagérations ne sont pas beaucoup à craindre, et nous nous arrêterons peu à les combattre. Il est plus nécessaire de répondre à ces êtres timides qui, partisans outrés de l'allaitement mercenaire, ne se trouvent néanmoins pas assez de force pour le vanter ouvertement, mais s'efforcent de le faire valoir, par la multiplicité des entraves qu'ils mettent au maternel, et emploient tous leurs moyens et toute leur éloquence, pour détruire les barrières que la sage nature oppose à ce débordement. (26)

Rose de l'Epinoi, médecin estimable, et qui de bonne foi a pris l'erreur pour la vérité, regarde comme des obstacles à l'allaitement maternel, *la colère, la haine, l'envie, le chagrin, la joie, l'amour,*

(a) *Infantis nutritio ad vitam longam.* Van-Helmont, p. 622.
(b) Van-Swieten, *Maladies des Enfans*, p. 78.

la crainte et la frayeur. (a) La joie, un obstacle à
l'allaitement? ce qui ne l'empêche pas de dire que
les femmes ne peuvent mieux faire que de nourrir,
quand elles en sont dignes : mais d'après ses principes, il faudrait pour nourrice une femme impas-
sible ; il faudrait un phénix, et malheureusement la
race en est éteinte. Les exceptions portées par Rose
de l'Epinoi équivalent donc évidemment à une exclusion totale de l'allaitement par les mères, et même
par toutes les femmes.

Je me rappelle un mot assez plaisant, que je crois
être de madame de la Sablière. Comme on lui demandait pourquoi les hommes faisaient l'amour en tout
tems, tandis que les bêtes ne le faisaient qu'au
printems, elle répondit : *c'est que ce sont des bêtes.*
Il suit de-là que si l'on doit craindre en tout tems
l'amour chez les femmes, on doit le craindre chez
les animaux, au moins une partie de l'année ; et que
d'après les principes de Rose de l'Epinoi, ils ne sont
pas propres non plus à faire un bon allaitement, et
qu'il faut les exclure de cette fonction, aussi bien
que les femmes.

De nos jours, on a considéré comme un des plus
grands obstacles à l'allaitement, une sensibilité ex-
quise. N'est-ce pas encore là une exclusion totale
de l'allaitement maternel, pour les femmes de ville?
en effet, je n'en ai presque pas vu qui ne se plaignent
de leur trop de sensibilité. Nous réduirons ce motif
à sa juste valeur, mais nous nous garderons de donner
des armes à ces mères coupables qui, n'osant avouer

(a) *Avis aux Mères qui veulent allaiter*, par de l'Epinoi, docteur-médecin.

leur dédain pour les devoirs de la maternité, savent, comme dit Rousseau, se faire défendre l'allaitement; et qui à cet effet, ne manquent pas de mettre en avant une délicatesse de nerfs qui serait bouleversée par les cris d'un enfant; et qui, sous prétexte d'être trop sensibles, se refusent à donner la preuve la moins équivoque de leur sensibilité : femmes qu'a si bien peintes Gilbert dans sa *Satire du dix-huitième siècle*, quand il dit :

> Parlerai-je d'Iris ? chacun la prône et l'aime ;
> C'est un cœur, mais un cœur... c'est l'humanité même.
> Si, d'un pied étourdi, quelque jeune éventé
> Frappe, en courant, son chien, qui jappe épouvanté,
> La voilà qui se meurt de tendresse et d'alarmes ;
> Un papillon souffrant lui fait verser des larmes ;
> Il est vrai : mais aussi qu'à la mort condamné,
> Lalli soit, en spectacle, à l'échafaud traîné,
> Elle ira la première, à cette horrible fête,
> Acheter le plaisir de voir tomber sa tête.

La faiblesse de constitution est encore présentée comme un motif absolu de non-allaitement, que nous combattrons avec les armes de l'expérience et de la raison, mais dont nous ne pouvons nous empêcher de montrer ici un des côtés ridicules. Effectivement, n'est-il pas risible de voir les femmes prétexter, pour se dispenser de l'allaitement, leur faiblesse; et cela, au sortir d'un repas où elles ont fait usage des mets les moins digestifs; d'un bal, où elles ont dansé jusqu'à tomber de lassitude; d'un spectacle, où elles ont pensé étouffer ? Et ces misérables excuses ont trouvé des défenseurs !

« Si l'on fait attention, dit M. Chevalier de M—, *de Molle* que, dans les grandes villes, la plupart des femmes qui jouissent de quelque aisance ne sont occupées que d'amusemens frivoles ; qu'elles font du jour la nuit et de la nuit le jour ; qu'elles mangent beaucoup, et les alimens les moins salubres, on sera forcé de convenir qu'elles ne peuvent fournir à leurs enfans une nourriture convenable. »

Cela est vrai : mais retorquons cet argument, et considérons que dans les campagnes la plupart des femmes sont assujetties à un travail forcé, qu'elles mangent beaucoup et des alimens âcres et salés, c'est-à-dire, les moins salubres ; et l'on sera forcé de convenir qu'elles ne peuvent fournir à leurs enfans ou à leurs nourrissons une nourriture convenable. Vandermonde et Lascazès sont de meilleure foi que notre auteur, qui, dans son desir de rehausser les avantages de l'allaitement mercenaire, tait prudemment tout ce qui pourrait nuire à son opinion. Et c'est ainsi qu'en exaltant *le pour*, gardant le silence sur *le contre*, l'on fait valoir les systêmes les plus absurdes. (*a*)

Dans la discussion sur la préférence à accorder à l'allaitement maternel ou au mercenaire, la plupart des auteurs sont tombés dans une grande erreur. Ils ont pris des *inconvéniens* pour des *obstacles*, sans penser qu'il ne s'agit pas précisément de savoir si l'un et l'autre allaitement ont des désavantages, et quels ils sont ; mais de balancer le bien et le mal, et se décider ensuite pour celui qui présente le plus de bien, le moins de mal. Eh ! qu'est-ce qui, dans la nature, n'est pas source de bien, source de mal ? et

---

(*a*) Bayle, qui, je crois, valait un peu mieux que M. Chevalier de M...., attribue la stupidité naturelle aux paysans à la grossièreté de leurs alimens, qui, dit-il, ne peuvent faire qu'un chyle et un sang fort grossiers. *L'Improvisateur français*, art. *aliment*.

préférera-t-on la pâle et froide lueur de l'astre de la nuit aux brillantes clartés du soleil, parce que celui-ci dessèche et détruit par fois l'espérance entière du laboureur ?

C'est pour n'avoir envisagé la question que sous une de ses faces, que Lascazès s'écrie : « Beau sexe, les soins que vous donnez à vos enfans sont destructeurs pour vous; il est d'autres moyens de les nourrir; jouissez des plaisirs de votre âge; vous êtes l'ame de nos parties, de nos fêtes. »

Et voilà comme l'on autorise, comme l'on encourage une conduite criminelle et contre nature. (a)

> Détestables flatteurs ! présent le plus funeste,
> Que puisse faire. . . . la colère céleste.

Femmes, n'attendez pas de moi d'aussi basses adulations. Pourtant, censeur attrabilaire, je ne blâme pas vos plaisirs ; libres de toutes entraves, embellissez ces fêtes qui, sans vous, seraient fastidieuses, et sans doute désertes :

> Car la femme est partout l'aimant qui nous attire.

Mais devenues épouses et mères, s'il le faut, quittez de vains atours ; fuyez de mensongers plaisirs : vous êtes coupables si vous ne le faites pas. Ces privations, qui vous paraissent cruelles, se changeront en de pures jouissances. Et si vous ne croyez point aux plaisirs des pères, des mères, des époux ; si vous n'en voyez que les peines inséparables de toutes les conditions humaines, interrogez ces mères tendres pour qui la maternité est un impérieux besoin; qu'elles vous disent combien sont douces les sensations qu'elles

---

(a) Ce n'est pas ainsi que parle le véritable *Ami des Femmes*. (27)

éprouvent en serrant contre leur sein un enfant chéri ; combien leur est doux le premier cri d'un être qui leur doit la lumière ; combien leur est doux le moment où le sommeil de l'innocence s'étend sur ses faibles paupières, et le moment de son réveil ; son premier regard, son premier souris et ses premiers embrassemens. Interrogez ensuite les pères, les époux ; qu'ils vous peignent, s'ils le peuvent, les tableaux enchanteurs dont ils sont tous les jours, dans un ménage bien uni, les heureux spectateurs. (a) Voyez vous - même le père ravir l'enfant à sa mère, la mère le ravir au père ; voyez - les le baigner de larmes de tendresse ; voyez leurs regards humides se porter tour à tour l'un sur l'autre, et sur leur commun rejeton, leurs bras s'entrelacer........ Qui pourrait dire que ce n'est pas là le bonheur !

Desir de se reproduire ! desir consolateur ! l'homme, à la fin de sa carrière, quitte sans regret la vie, quand il laisse sur la terre un autre lui-même. (28)

On a tellement préconisé les obstacles à l'allaitement, que les mères qui croient faire une chose toute naturelle de ne pas nourrir, s'en dispensent sur les plus futiles prétextes, et ne se doutent même pas de ce qu'elles perdent au physique comme au moral, en abandonnant la nourriture de leurs enfans à des mercenaires. Les pères aveuglés eux-mêmes par ces déclamations insensées, et regardant comme indigne d'eux de se mêler en rien de l'éducation de leurs enfans, ont toujours aussi mille raisons pour obliger leurs femmes de ne pas nourrir. Mais l'homme se doit de veiller sur

---

(a) Est-il dans la nature un tableau plus touchant,
    Que celui d'une mère allaitant son enfant ?

sa femme enceinte ou mère, et sur ses enfans; il se doit de soulager celle-là dans les soins qu'elle ne peut remplir seule ; il se doit de la consoler dans les peines cruelles que sa nourriture lui fait quelquefois éprouver; il se doit de partager les plaisirs qu'elle lui procure ; et il n'est point de circonstances ou d'emploi qui puisse le dispenser de ces devoirs.

Caton le censeur éleva lui-même son fils dès le berceau, et avec un tel soin, que malgré ses importantes occupations, qu'il ne négligea jamais, il quittait tout pour être présent quand la mère le remuait et le lavait.

César-Auguste enseignait à ses petits-fils à écrire, à nager et les élémens des sciences. (a)

Henri IV, qui fut obligé de conquérir son royaume, au milieu des orages de son règne, veillait à l'éducation de ses enfans, et jouait avec eux.

On connaît ce mot de lui à un ambassadeur d'Espagne, qui le trouva à cheval sur un bâton, et courant dans la chambre avec son fils : *Etes - vous père, Monsieur ?* et sur sa réponse affirmative, il acheva le jeu qu'il avait commencé.

Et pourquoi les femmes, dont les maris s'opposeraient au louable desir qu'elles auraient de nourrir, céderaient-elles sans résistance à de futiles motifs?

Nous ne sommes point aux rives du Bosphore, chez le Musulman jaloux, où le beau sexe, esclave, a pour premier devoir d'obéir en silence aux ordres d'un maître impérieux. Nous vivons sous des lois plus sages, plus douces; les femmes ne risquent point leur

(a) *Nepotes et litteras et natare aliaque rudimenta perse plerumque docuit.* SUÉTONE.

belle vie en refusant à leur mari une soumission illimitée qui ne leur est point due. Ne redoutez rien, mères tendres, de votre résistance ; un jour vos maris vous en sauront gré eux-mêmes.

Enfin, on a senti de nos jours qu'au point où nous en étions, ce n'était plus de simples allégations dont on avait besoin, pour répondre aux partisans de l'allaitement maternel ; on a senti que la rigidité des principes s'opposait trop fortement à l'emploi des nourrices : et c'est contre ces principes conservateurs que l'on a tourné les armes.

Ainsi, si l'on dit à quelques - uns de nos docteurs modernes que, chez la femme qui ne nourrit pas, le lait peut se porter sur quelques organes étrangers à cette humeur, et causer de mortelles affections, ils nient tout de suite le fait. *Je suis loin de croire aux prétendues métastases laiteuses*, dit M. Chevalier de M**a** U**e**qui, partisan de l'allaitement mercenaire, craint sans doute de compromettre son opinion en avouant ses terribles suites, qu'il est effectivement plus simple de nier. Suivant lui, jamais le lait ne s'est détourné de ses routes accoutumées. Quelles sont donc les causes des maladies qui suivent sa non-excrétion, et la subite disparution de cette substance nutritive amassée dans les seins ?

Un ignorant serait embarrassé ; il dirait, c'est ceci, c'est cela : les grands médecins connaissent d'abord les choses ; (a) aussi M. Chevalier de M...., *touchant au but du premier coup, nous apprend que ces affections sont dues à l'aberration du principe vital.* Oh ! sublimité du génie ! en si peu de mots faire tant de bien !

_____

(a) Sganarelle, *Médecin malgré lui.* MOLIÈRE.

d'un trait de plume rayer du catalogue des maladies les affections laiteuses ! Que ne dit-il aussi à toutes les victimes de ces cruelles affections qu'enserre une terre avare, *levez-vous, et marchez.* (*a*)

Le docteur Sacombe, doué d'un talent supérieur, reconnaît l'existence de ces maladies ; mais il ne les regarde jamais comme la suite du non-allaitement : il a trouvé plus simple d'en accuser tous les accoucheurs passés et présens.

« C'est, dit-il, à l'impéritie des accoucheurs césa-riens, à l'audacieuse ignorance de ces êtres herma-phrodites, qui ne tiennent que par les parties hon-teuses à la médecine et à la chirurgie, qu'ils déshono-rent par leur monstrueuse infécondité ; c'est à l'art avili et dégradé, et non à la nature, qu'il faut attribuer les dépôts, les métastases, les apoplexies, les tumeurs cancéreuses, en un mot, toutes les maladies qui tien-nent à un lait retenu ou repercuté. » (*b*)

Un pareil langage, fût-il soutenu de la vérité, sera toujours un langage indécent, et pourrait donner lieu à quelques représailles. A Dieu ne plaise pourtant que la défense de l'art porte qui que ce soit à oublier ainsi la dignité de l'homme et celle de son état ! Je com-battrai le docteur Sacombe, parce qu'il est important, pour notre réputation, de montrer qu'il est des acci-dens inséparables du non-allaitement, et que toute notre science ne peut prévenir ; et sans nier le mérite de cet illustre antagoniste, je rendrai justice à ces hommes célèbres, à cette élite de l'art, que par dérision

_____

(*a*) Au surplus, nous renvoyons M. de M.... à l'excellent et nouveau traité de Vigarous sur *les Maladies des Femmes.*

(*b*) *Elémens d'Accouchemens*, par Sacombe, p. 328.

il appelle *césariens*, et que, malgré quelques fautes, il ne fera pas descendre des premiers rangs où les a placés l'impartiale justice.

Que le docteur Sacombe emploie sa mâle éloquence contre ces êtres assez stupides pour croire qu'il est nécessaire, au rétablissement d'une accouchée, de faire de sa chambre une étuve; qui, ne trouvant pas souvent les chaleurs de la canicule assez grandes, y joignent celles d'un ardent foyer et de couvertures entassées; qui, interceptant toute communication du dehors en dedans, permettent à peine de respirer à leur malheureuse victime, ou ne lui laissent aspirer qu'un air empoisonné : (a) qu'il tonne contre cette meurtrière routine, principale cause, il est vrai, des maux qu'il décrit, il aura mérité de l'art autant qu'il peut y nuire par ses exagérations. Mais de quel droit verse-t-il le mépris sur tant d'hommes à talent, par cela seul qu'ils ne pensent pas comme lui que la plus douce chaleur soit pernicieuse à la femme en couche qui ne nourrit pas?

En combattant les antagonistes de l'allaitement maternel, en nous rangeant dans la classe des partisans de cette pratique, nous combattrons aussi les erreurs où un enthousiasme irréfléchi a fait tomber quelques-uns de ces derniers.

Moreau, (de la Sarthe) médecin estimé, et déjà honorablement placé au rang de nos auteurs, a relevé avec raison, tout en exagérant le mal qu'elle a pu faire, cette phrase de Rousseau, où il dit *que l'enfant nais-*

(a) J'aurais peine à croire à de pareilles inepties, si je n'en avais été le témoin, et si je n'en avais vu à Paris, comme à la campagne, les tristes victimes.

sant

*sant ne peut avoir de nouveau mal à craindre du sang
dont il est formé.* (a)

Mais Jean-Jacques en forçant les principes, n'a-t-il
pas donné une preuve de génie? Le médecin veut-il
redresser un membre difforme, le cultivateur, un
arbre déformé, ils s'efforcent l'un et l'autre de plier
le membre ou l'arbre dans un sens opposé, afin qu'a-
bandonnés ensuite à eux-mêmes, ils reprennent une
situation naturelle. (29) Si Jean-Jacques n'eût exagéré
un peu son opinion, peut-être n'eût-il rien obtenu.

On s'est donc trop élevé contre lui, souvent sans
l'entendre, (30) et quelquefois avec une animosité
qui a laissé croire qu'on ne lui pardonnait pas d'avoir
dit du mal des médecins. On s'est récrié contre le mal
qui était résulté de ses écrits, quand il est constant
que si quelques femmes ou quelques enfans en ont
été les victimes, mille, dix mille l'ont été des principes contraires; et que son *Emile* est encore ce que
nous avons de mieux sur l'éducation physique des
enfans.

§. II. Histoire des préjugés.

Jetons maintenant un coup d'œil sur ce que
nous avons dit être une seconde cause de la dégénérescence physique des hommes, (b) c'est à dire, les
préjugés qui règlent les femmes enceintes ou mères,
et l'éducation physique des enfans.

Comme l'origine de l'homme se perd dans la nuit
des tems, se perd également celle des préjugés.

Tout ce que nous pouvons conjecturer, c'est que le

(a) *Emile*, l. 1.
(b) Page 2 de ce Discours.

genre humain eut son enfance. Par cette enfance, on doit entendre l'absence de tout art, de toute science.

L'homme, conduit alors par le seul instinct de la nature, vivait à l'instar des animaux, et vivait sans préjugés comme sans connaissances. Avec peu de moyens de s'instruire, sans méthode, sans nulle expérience, ses premiers acquits furent des erreurs. Si nous n'avons point de monument de l'état brute de l'homme, nous en avons de ce second état, où cherchant l'instruction il ne trouva que des préjugés.

Ces préjugés étaient-ils en plus grand nombre et plus absurdes alors qu'aujourd'hui? oui sans doute; leur nombre et leur absurdité est en raison directe de l'ignorance des peuples. Mais qu'il en existe encore! qu'il en est de ridicules! Celui qui rassemblerait dans un cadre tous les préjugés qui ont régné sur les différentes matières que nous traitons, ferait un livre immense, et aussi épouvantable que curieux. Ce n'est pas là mon dessein, mais seulement d'en passer quelques-uns en revue, pour prouver combien ils furent pernicieux à l'homme qu'ils abrutirent, et aux états qu'ils dépeuplèrent et dépeuplent encore.

Ici se présente une difficulté plus spécieuse que réelle. Pourquoi, malgré ces préjugés destructeurs, le genre humain s'est-il accru en vigueur et en nombre? pourquoi avec moins de préjugés, ou des préjugés plus tolérables, sommes-nous dégénérés de ce qu'étaient nos pères? C'est que les préjugés de nos pères étaient plus spéculatifs que pratiques; c'est que nos pères, plus près de la nature, en balançaient l'influence par des pratiques salutaires. Ainsi, attribuant la fécondité ou la stérilité à la faveur ou à la vengeance de dieux protecteurs ou ennemis, ils se

contentèrent de leur adresser des prières, des vœux,
des offrandes, par lesquels ils crurent pouvoir obtenir
leur bienveillance ou désarmer leur colère ; mais ces
prières, ces vœux, ces offrandes à des êtres fantasti-
ques, ne pouvaient influer en rien sur la marche accoutumée des choses. Cependant, quand l'homme plus instruit, reconnut qu'il avait en lui ces qualités pro-
pices ou défavorables, il chercha et crut surprendre
le secret de la nature ; et portant sur lui une main
sacrilège, dans son amour - propre insensé, il crut se
réformer, il se déforma ; il crut se créer une postérité,
il en détruisit l'espérance. Et quand nous montrerions
nos premier pères, offrant à leurs dieux, qu'ils crurent
irrités, des victimes humaines ; ou détruisant dans les
flancs de leur compagne étonnée et soumise, les élémens de l'homme futur, (a) ces crimes ne portaient
que sur quelques individus, et ne pouvaient produire
la dépopulation qu'occasionnent chez nous des préjugés
qui n'existaient pas alors ; cet universel usage de l'allaitement mercenaire, ces alimens perfides dont nous
farcissons le débile corps de nos enfans, etc. (31)

Nous avons donc, dans la pratique, réellement plus
perdu que gagné à notre instruction : mais quand nous
voudrons faire un bon usage de nos connaissances,
nous joindrons à l'heureux instinct de nos aïeux, une
perfection inconnue jusqu'à nos jours. Pourtant
l'homme policé n'acquerra jamais la force de corps
de l'homme sauvage. De même que pour conserver sa
liberté et ses droits, l'homme policé est obligé d'en
céder une partie ; de même en transmettant à d'autres
le droit de le défendre, il doit perdre par le non

(a) Par la tolérance accordée à l'avortement artificiel.

usage, une partie de cette force de corps et de cette
agilité, qui lui deviennent inutiles. Mais a-t-il perdu
au change? dans un état bien constitué, il doit y
gagner sous tous les rapports.

Revenons à l'énumération de nos tristes erreurs.
En Perse, les femmes pensent se rendre fécondes,
en marchant sur le corps de criminels exécutés; en
se baignant dans une eau où des hommes se sont auparavant plongés, (a) ou pour dernière et immanquable
ressource, en avalant cette partie que les Juifs et les
Turcs retranchent aux enfans dans la circoncision. (b)
Les Kamtschadales, pour remplir le même but,
avalent des araignées. (c) Nous appelons ces peuples
barbares: mais sommes-nous plus sages, quand nous
souffrons que nos femmes aillent dévotement baiser
une étole, prier saint Guignolet, et avaler de la ra-
pure de son priape, pour obtenir une progéniture
qui, quand elle vient, n'est due qu'à des causes fort
naturelles? (d)

On croyait encore, dans le seizième siècle, qu'une
femme pouvait concevoir par la seule force de l'imagination. Un arrêt du parlement de Grenoble, du 13
février 1637, qui paraît très-réel, quoiqu'ait pu dire
et faire ensuite ce même parlement, honteux de sa
sottise, déclare :

« Attendu que la nuit du songe de la dame d'Aigue-

_____

(a) J'ai entendu parler, à Paris, d'une fille qui refusait de prendre
un bain dans la baignoire d'où sortait un homme, assurant qu'une autre
fille était devenue grosse de la sorte.

(b) *Essai historique sur les Accouchemens*, p. 196, t. 1.

(c) *Idem*, p. 582, t. 1.

(d) Dévotions analogues à celles de nos ancêtres, mais alors uni-
verselles, aujourd'hui le partage de la populace.

mère (absente de son mari depuis quatre ans,) était
une nuit d'été; que la fenêtre était ouverte, son lit
exposé au couchant, sa couverture en désordre, et que
le zéphir au sud - ouest, dûment imprégné de molécules
organiques, d'insectes humains, d'embryons flot-
tans, l'avait fécondée; attendu l'affirmation de ladite,
que depuis l'absence de son mari elle n'a eu aucune
compagnie d'homme; après avoir entendu différens
témoins, qui déposent avoir connaissance de pareilles
grossesses, et après l'attestation des matrones, sages-
femmes et médecins, déclare et reconnaît comme lé-
gitime le fils de ladite dame, et elle - même comme
femme d'honneur, etc. » (a)

Les membres de ce parlement s'étaient sans doute
pénétrés de la *Somme* de saint Thomas d'Aquin, cet
ange de l'école, qui assure avec ingénuité « que dans
l'état d'innocence, les hommes se faisaient par la seule
intention des idées; et que les parties de la génération
ne leur sont venues qu'après le péché, comme les
marques perpétuelles de la désobéissance du premier
homme. (b)

Plusieurs médecins, tant anciens que modernes,
ont soutenu la possibilité de la génération sans le con-
cours de l'homme. (32) Plempius, Graaff, Scurius,
Johson, parmi les modernes, en apportent de prétendus exemples. Graaff va jusqu'à dire que des femmes
bien sensibles peuvent concevoir à l'odeur; apparem-
ment comme on dit que l'on dîne à la fumée du rôt. (c)
Et dans une opération qui est et sera peut-être tou-

(a) *Essai historique sur les Accouchemens.* Sᴜᴇ. P. 243 et 580, t. 1.
(b) *Id.* p. 232.
(c) *Aliquot virgines tantùm ad seminis odorem concipiunt.*

jours un mystère impénétrable, chacun s'est cru en état de dicter des lois à la nature même.

Nous avons vu jusqu'où Spallanzani avait poussé de nos jours ce ridicule. (a) M. Millot, accoucheur à Paris, s'est borné à nous donner le moyen de procréer les sexes à volonté; M. Robert ne s'est proposé rien moins que de conserver la race des grands hommes, de la perpétuer de siècle en siècle, et de donner une méthode pour faire naître à volonté des Virgiles et des Homères. *Fiat lux.*

Saint-André, chirurgien à Londres, conçoit, en 1726, un système encore plus fastueux: (b) il prétendit « qu'une sole pouvait engendrer une grenouille; une carpe, un poulet; une huître, une puce; une femme, un animal quelconque, par l'assimilation des parties organiques d'un animal dans les moules d'un autre. »

» Une de ses voisines, pauvre et rusée, profite de l'imbécillité de l'homme de l'art; elle prétend avoir des tranchées. Saint-André l'examine et l'accouche, en présence de plusieurs témoins, d'un petit lapin en vie, qu'il montre en triomphe comme la preuve irrécusable de la réalité de sa découverte; mais bientôt on reconnaît la supercherie : la femme est punie, et le chirurgien, livré à la risée publique, va cacher au loin sa honte. »

Les anciens accordaient à la lune une grande influence sur la génération; et cette croyance, puisée dans le paganisme, est maintenant adoptée et soutenue avec chaleur par de très-bons chrétiens.

(a) *Dissertation sur le Fœtus trouvé à Verneuil*, p. 13.
(b) *Essai hist. sur les acc.* Suc. Pag. 246.

Chez les Lapons, c'est par elle que l'on devine le sexe de l'enfant à venir. Aussitôt qu'un homme, de ce pays limitrophe du pôle, voit sa femme grosse, il regarde la lune : s'il voit une étoile au-dessus, c'est un garçon dont il sera père ; c'est une fille, si l'étoile est au-dessous.

Chez nous, peuple instruit, c'est sur le plein ou le déclin de cet astre, pendant l'accouchement précédent, que nous jugeons du sexe dans une grossesse actuelle. Mais l'homme aura beau chercher ici-bas, ou dans la la lune, les causes des phénomènes de la génération, et les moyens de la produire à son gré, il trouvera bien plutôt dans cet astre sa raison dans une phiole avec celle du bon Roland, que l'explication de ces phénomènes inexplicables.

Nous ne finirons point cet article sur la génération sans dire un mot des *incubes* et des *succubes*. On appelait ainsi des démons ou génies que l'on croyait se métamorphoser en homme ou en femme pour jouir avec les mortels. Ces extravagances ont eu une grande vogue ; et pour en donner une idée, nous allons laisser parler un moment le docteur Venette, qui en a fait l'histoire dans son *Tableau de l'Amour conjugal.* (a)

« L'Ecriture Sainte, dit-il, a semblé favoriser cette croyance, lorsqu'elle nous marque que les anges ayant trouvé les filles des hommes belles, ils s'allièrent avec elles, et engendrèrent des géans. (b) On peut inférer de-là que les démons, qui ne sont, suivant l'Ecriture, différens des anges que par leur chute, peuvent, selon

(a) T. 2 , p. 299 et suivantes.
(b) *Genèse*, chap. 6 , v. 24.

le sentiment de Lactance, *souiller les femmes par leurs embrassemens*. On assure que les enfans qui naissent de ces conjonctions abominables, sont plus pesans et plus maigres que les autres ; et que quand ils téteraient trois ou quatre nourrices à la fois, ils n'en deviendraient jamais plus gros : c'est une remarque qu'a faite Spenger, moine dominicain. Le cardinal Bellarmin pense, que l'ante-christ naîtra d'une femme et d'un incube. Saint Augustin, père de l'église, qui a eu de la peine à se déterminer sur cette matière, convient enfin que *puisque plusieurs personnes ont avoué leur commerce avec les démons, il est très - assuré qu'il existe des incubes qui ont véritablement caressé amoureusement des femmes ; si bien qu'il semblerait maintenant que l'on fût impudent si on niait ce qu'on assure là - dessus avec tant de circonstances et de bonne foi.* (a) Berne, âgé de soixante - quinze ans, fut brûlé vif, après avoir assuré que depuis quarante ans il avait commerce avec une succube, nommée Hermoline. »

Venette réfute ces grossières erreurs, qui n'ont heureusement plus besoin d'être sérieusement combattues, et par l'autorité d'autres membres de l'église, qui ont été d'une opinion contraire aux premiers, et par des raisonnemens bons pour le tems où il vivait. (33)

Nous avons secoué, en France, le joug de la plupart de ces superstitions ; mais elles dominent encore sur des peuplades entières. Dans l'île Formose, près

---

(a) Dans un autre endroit, saint Augustin recommande aux prêtres de désabuser le peuple de la fausse pensée où il est, que ce que l'on dit du commerce des femmes avec les démons soit véritable ; et il explique les effets du cochemar, pris pour ceux du démon. (*Livre de l'Esprit et de l'Ame*, chap. 25.)

la Chine, la superstition la plus horrible y a prescrit
que les femmes ne pouvaient raisonnablement élever
des enfans qu'à l'âge de trente-cinq ans ; et l'avortement est le moyen qu'elles emploient pour se soustraire, avant ce tems, à l'ignominie d'une grossesse et
d'un accouchement. Au reste, cette île a disparu de la
surface du globe en 1794, et avec elle cet horrible
usage, qui ne fut peut-être que la loi de quelque cor-
poration. (34)

Mais l'avortement, commandé aux seuls Formo-
sans, fut toléré chez bien d'autres peuples : et l'art
de le provoquer, exercé chez les anciens, presque
sans contrainte : il l'est encore de nos jours en Egypte
et dans tout l'empire Musulman, où les idées philo-
sophiques sont reléguées parmi les rêves de l'esprit
humain. Oh ! combien de ce côté nous sommes per-
fectionnés ! non-seulement la loi punit chez nous du
dernier supplice, l'exercice de cette science déplorable ; mais ceux qui la cultivent, redoutent presque
autant l'opinion publique que l'échafaud. (35)

Si de la grossesse nous passons à l'accouchement,
nous verrons d'autres coutumes égaler le ridicule et
la barbarie des premières.

La différence qui a toujours dû exister entre la
longueur du travail chez telle ou telle femme, a dû
paraître extraordinaire à des peuples peu instruits de
l'organisation humaine, et peu faits pour sentir les
dissemblances d'êtres, ou de situations semblables en
apparence : ils ont donc dû et pu en rechercher des
causes surnaturelles. Ainsi, on a attribué les accouchemens laborieux, à la malice de génies malfaisans,
ou d'hommes qui avaient le pouvoir de les faire agir.
On croyait chez les Romains que l'on faisait languir

l'accouchement, en croisant le genou ou les mains, dans la maison d'une femme en travail. (a)

On a cherché des remèdes à ces maléfices, et quels remèdes ! Pline nous apprend que chez le peuple que nous venons de nommer, on était persuadé que les accouchemens devenaient tout-à-coup aisés, si l'on attachait sur le ventre de la femme, *la pierre d'un pierreux , ou les ongles et les cornes d'un élan , écrasés.* (b)

AEtius assure avec confiance que la racine de titimale ou des nids d'hrondelles appliqués sur la cuisse, ont la même vertu. (c)

Chez les Turcs, on prétend accélérer l'accouchement, en donnant la liberté à des oiseaux ou à des écoliers tombés en faute. (d)

Joubert, qui écrivait en l'an 1578, et en France, nous dit que de son tems on croyait : (e)

« Qu'il était bon de faire asseoir la femme sur le cul d'un chaudron chaud, ou de lui mettre sur le ventre le bonnet de son mari, pour avoir meilleure délivrance; qu'on l'accélérait aussi, lorsque la femme étant en travail, disait trois fois en remuant le pouce: *j'ai froid , j'ai chaud*, etc. » (36)

Parcourons maintenant nos campagnes , sur-tout dans les départemens les plus éloignés du centre des lumières; nous y verrons régner des préjugés non

---

(a) *Essai hist. sur les acc.*, p. 174, t. 1.

(b) *Id.*, p. 191, t. 1.

(c) *Id.*, p. 191 , t. 1. Nous avons vu aussi plus haut les moyens proposés par Moschion pour le même but. (Pag. 21 de ce *Discours.*)

(d) *Hist. de l'Alcoran ,* par Turpin, t. 2, p. 105.

(e) *Erreurs pop. au fait de la Médecine ,* part. I, liv. 2.

moins absurdes. Presque partout nous verrons la
femme tardive à se délivrer, être accablée de ridicules reliques ; nous verrons brûler près d'elle des
cierges à de prétendus anges ou saints, à qui on a
gratuitement accordé des vertus particulières, (37)
comme dans le paganisme chaque dieu ou déesse
avait les siennes ; nous y verrons attribuer à des amu-
lettes, le pouvoir de faire passer le lait ; jeter et garder
le placenta dans de l'eau, pour rafraîchir sympathi-
quement le sang de la mère ou celui de l'enfant.
Saucerotte a vu dans quelques provinces, chose horrible et difficile à croire, presser fortement et de haut
en bas le ventre des femmes en travail, pour en ex-
pulser l'enfant ; (a) et dans d'autres, les suspendre par
des cordes passées sous les aisselles, et les agiter fortement pendant ce supplice effroyable, dans la même
vue d'abréger l'accouchement. (b) Ces coutumes sont
atroces ; la suivante n'est que ridicule.

Dans plusieurs pays, le mari de l'accouchée se met
au lit, pendant que la femme retourne au travail, ou
s'occupe des affaires du ménage ; ce qui s'appelle *faire
couvade.* (38)

Voici l'enfant né ; autres folies, autres atrocités. Ici
sa naissance est un sujet de joie ; là, un sujet de chagrin amer. (c) Les jumeaux sont une pierre d'achoppe-
ment pour bien des peuples. Au Benin, en Afrique,

(a) J'ai vu, il n'y a pas long-tems, une femme à qui la même
chose est arrivée à Paris, et dont l'enfant, mort peu après sa naissance, a fait soupçonner qu'il devait la perte de la vie à ces compres-
sions.

(b) *Examen des préjugés concernant les Femmes, etc.*, p. 23 et 24.

(c) *Dangers du maillot et du lait de femme,* par Lascazes.

cet événement est célébré par des concerts et des festins ; dans une autre contrée du même royaume, il est au contraire du plus mauvais augure. Et voyez où cela conduit ; tant il est vrai, que l'erreur la plus innocente en apparence, a souvent les conséquences les plus fâcheuses. Au royaume de Loango, on immole la mère et les deux enfans. Les naturels de la Guiane, ont à si grand déshonneur que leurs femmes aient plusieurs enfans à la fois (car ils sont persuadés qu'alors elles ont eu affaire à plusieurs hommes,) que quand cela arrive, la mère qui vient de se délivrer d'un premier et qui en sent venir un autre, enterre celui-là, dans la crainte des reproches ou du supplice. (a)

Il a fallu nétoyer le nouveau-né, de la crasse qui l'entoure : les uns n'ont rien trouvé de trop froid pour lui, (b) les autres rien de trop chaud ; ceux-ci l'ont étendu dans un lit de sel pulvérisé.

Tous les animaux donnent à téter à leurs petits aussitôt leur naissance : les femmes ont d'abord dû en faire autant ; mais bientôt des hommes ont cru la nature peu sage, et se sont efforcés de la corriger.

« De tel sang bourbeux et épais, dit Joubert, est le premier lait, trouble et caillebotté, appelé des Latins, *colostrum*, (c) lequel a été estimé de toute ancienneté, mauvais et pernicieux, et même mortel ; de sorte qu'on l'a toujours défendu aux en-

_____

(a) *Essai historique sur les acc.*, t. 1, p. 199.

(b) Les Lapons plongent le nouveau-né dans la neige à plusieurs reprises.

(c) *Erreurs pop. au fait de la Méd.*, part. prem., p. 436.

fans ; ainsi, la femme qui nourrit, doit d'abord vider son sein. »

» Elle ne doit pas allaiter, dit,Lazare Pe, (a) médecin du même siècle que Joubert, qu'après-être bien nette et purgée de ses vidanges, sources de ce mauvais lait : à savoir ; trente jours après la couche d'un mâle, et quarante-deux après celle d'une fille ; et pendant ce tems, l'accouchée aura une autre femme qui donnera à téter à l'enfant. » Paré avance à peu près le même paradoxe.

Ainsi, dans ces siècles d'une médecine barbare, on avait tellement tout dénaturé, qu'il fallait deux femmes pour allaiter le même enfant. Dans nos campagnes, les sages-femmes et quelques chirurgiens, poussent encore l'ignorance et la sottise, jusqu'à ne laisser présenter l'enfant au sein, que 9 à 10 jours après sa naissance, au risque de tous les malheurs qui peuvent en arriver, et en arrivent effectivement. Il est au surplus peu de sages-femmes, même à Paris, qui n'aient ce ridicule préjugé ; mais elles ne le poussent pas si loin : des accoucheurs, même instruits, en sont imbus.

La croyance à la qualité vénéneuse des lochies est très-ancienne. Elle est consacrée dans les livres de l'ancien testament, où il est dit « qu'une femme qui accouche d'un garçon est impure pendant quarante jours, et pendant quatre-vingt si c'est d'une fille. (b) Elle a la même source, ou pour bien dire, elle est la même que celle qui fait regarder les règles des femmes

---

(a) *Maladies des Femmes*, p. 769 et 915.
(b) *Lévitique*, chap. XII, v. 2, 4 et 5.

comme une dépuration du sang, qui se débarrasse par-là de tout ce qu'il a d'impur.

On lit, au *Lévitique*, (a) « que la femme qui souffre l'accident ordinaire à son sexe, est impure ; que tout ce qu'elle touche l'est aussi ; que quand elle sera délivrée de ce flux, elle offrira des holocaustes à Dieu pour son péché. »

C'était alors un péché que d'être impur, et c'était être impur pour une femme que d'avoir ses règles. (b)

On croit encore tellement à cette absurdité, de la qualité vénéneuse du sang des règles, que bien des gens pensent qu'une femme, pendant qu'elle a ses *mois*, fait tourner, et gâte tout ce qu'elle touche.

Je démontrerai la fausseté de cette assertion dans mon ouvrage ; mais je ne puis me refuser de raconter ici une petite historiette, à laquelle mon opinion, à cet égard, a donné lieu.

Une dame prétendait, devant moi, que depuis l'âge de quatorze ans, (elle en avait plus du double) elle n'avait jamais pu, dans cette circonstance, toucher à du lait sans le faire tourner ; et trois fois, disait-elle, à sa parfaite connaissance, cela était arrivé au lait entier d'une laiterie où elle était entrée : aussi se dispensait-elle de toucher à rien qui eût pu éprouver le même sort, quand elle avait ses mois. Je suis incrédule, et des expériences si décisives ne purent me convaincre. Je priai la dame de faire de nouveaux essais devant moi ; je lui demandai à déjeûner pour un jour propice, et consentis à

(a) Chap. XV, v. 19 jusqu'à 30.

(b) Dans quelques pays, on attribue ce flux à la lune ; et les femmes d'Angola sont dans le bizarre usage de montrer leur derrière à la lune naissante, pour lui marquer leur haine.

m'en passer si le lait venait à éprouver quelque dis-
grace : toutefois en éloignant tout ce qui aurait pu y
contribuer, comme sa mauvaise qualité, le peu de soin
dans la propreté des vases ; car c'est à des circonstances
particulières qu'il faut toujours attribuer ce petit accident. Dès le lendemain, nous pûmes nous satisfaire.
Le café fut fait au lait, sans eau ; ce qui devenait plus
concluant, parce qu'il devait rester plus long-tems
sur le feu. La dame ne le quitta pas ; elle le remua à
plusieurs reprises. Nous déjeûnâmes dans sa chambre
à coucher, et près du lit ; nous déjeûnâmes bien ; et
je détruisis ainsi chez elle un préjugé enraciné. Elle
ne s'est plus gênée, depuis ce moment, pour vaquer à
son ménage, et cependant il ne lui est plus arrivé de
rien faire tourner.

Revenons au nouveau-né. Comme on avait abandonné le premier lait de la mère, propre à lui faire
évacuer son méconium, on lui donnait, pour obtenir
ce résultat, du miel, du beurre, suivant ce qu'il est
dit au prophête Isaïe : (a) *Une vierge concevra et enfan-
tera un fils ; elle le nommera Emmanuel, et il mangera
du beurre et du miel.*

On gorgeait aussi l'enfant d'huile, de graisse et de
différentes compositions, de thériaque, de mithri-
date, de vin et d'ail, même d'or et de sucre ; car, dit
Joubert, (b) *le sucre purge et nétoye, et l'or est dompte-
venin.*

Dans l'habillement de l'enfant, autre absurdité ré-
voltante.

(a) Chap. 7, v. 14.
(b) *Erreurs populaires au fait de la Médecine,* part. I, liv. 5,
ch. III.

« L'enfant , dit Pline , (a) n'est pas plutôt délivré de sa prison , qu'on lui donne de nouvelles entraves : ce roi des animaux , pieds et mains liés , pleure , gémit ; et sa vie commence dans les supplices. »

Ce passage nous prouve que l'usage du maillot est ancien. Cependant, nous verrons que chez les Grecs , et surtout chez les Spartiates , on n'en faisait aucun usage, et qu'il fut ignoré chez un grand nombre de peuples. Une remarque singulière, à laquelle il donne lieu , c'est qu'il ne fut établi chez aucun peuple sauvage, et que c'est à des sociétés policées qu'il fut réservé de donner cet exemple pernicieux.

Il y a deux siècles, on portait ces entraves à un si haut degré , que cela paraîtrait un jeu de l'imagination , si, dans quelques - unes de nos campagnes, on n'en voyait encore de tristes exemples.

« On liera le nouveau - né , dit Lazare Pe , (b) et bandera de si bonne façon , que son col et son dos ne soient aucunement courbés. »

Æs triplex circùm pectus erat.

Je m'arrête ; car je ne pourrais finir , s'il me fallait parler encore des préjugés qui concourent à la destruction ou déformation de l'espèce, dans le boire et le manger , le coucher , en un mot , dans l'usage de tous les agens de la vie.

Que des hommes sans aucune éducation, adoptent tous ces ridicules préjugés , cela ne m'étonne point ; que dans les campagnes, des charlatans, aussi vils qu'ignorans , jugent si une femme est ou n'est pas

---

(a) *Hist. Nat.* , L. VIII.
(b) *Maladies des Femmes* , p. 920.

grosse,

grosse ; si elle l'est d'un garçon ou d'une fille , à l'examen de l'urine du matin , cela ne m'étonne pas ; (a)
qu'à Paris même se renouvellent chaque jour ces scè-
nes scandaleuses, à la honte de l'humanité , de la raison , et malgré ce qu'a fait la loi pour éloigner l'erreur
du peuple ; qu'un Carré expose aux yeux du public un
tableau, reçoive chez lui les deux sexes , et juge les
urines de tous ceux qui viennent le consulter , leur
donne des ordonnances où l'ignorance le dispute à
l'impudence ; qu'un Saint - Romain distribue , sans
être recherché par une active police, des eaux bonnes
à tous les maux , et qui ont la vertu singulière de ter-
miner les accouchemens les plus laborieux ; que d'autres fripons fassent retentir les journaux des rares
vertus de colliers , de manches , propres à assoupir ou
empêcher les convulsions des enfans , (b) cela se conçoit encore , parce que la cupidité s'arme partout pour
spolier le vulgaire ignorant, comme on voit des oiseaux
carnassiers et malfaisans se réunir et fondre sur une
sanglante arêne , pour y dévorer les victimes d'un affreux combat. Mais que des médecins instruits se
croient obligés de respecter de telles inepties , de faire
plus , de les offrir en modèle ; voilà ce qui se voit, et ce
qui ne se conçoit pas. (39)

Carré

S Romain

(a) J'ai vu des médecins et des chirurgiens , que je ne confondrai
pourtant pas avec la classe abjecte que je viens de nommer , prétendre
connaître le même fait au pouls, au sang ; comme j'en ai vu juger à
l'haleine si une femme enceinte avait ou non besoin d'être saignée.

(b) Je viens de voir un enfant de trois ans à qui , pour appaiser des
convulsions, sa nourrice fit prendre une cuillerée de l'urine de son
mari. M. S...., apothicaire, vend aussi, pour les convulsions, et pour
le prix de 3 liv., une phiole contenant deux ou trois gouttes d'une
liqueur dont il fait le plus grand secret , mais qui , à en juger par sa
cherté, n'est sans doute rien moins que de l'*Or potable*.

4

§. III. Etat actuel de la science.

On a combattu de nos jours la plupart des préjugés que nous avons signalés. Il est des parties de la science qui ont été portées au plus haut degré de splendeur : telle est la pratique des accouchemens. Nous devons aux Mauriceau , aux Deventer , aux La Motte , surtout aux Levret , aux Baudelocque , d'avoir laissé bien loin derrière eux tout ce qu'il y avait d'un peu grand sur cette partie dans l'antiquité. On leur doit d'autant plus , qu'ils ont combattu des erreurs appuyées de noms immortels , et qui avaient traversé des siècles sans pouvoir être détruites , emportant dans la tombe des milliers de victimes. (4o)

La partie pathologique des femmes grosses ou accouchées , a aussi fait les progrès les plus grands et les plus rapides entre les mains des Boërhaave , des Petit , des White , des Levret , des Doublet , des Pujos. Ce n'est que dans leur siècle qu'on a bien expliqué la formation du lait et ses ravages : il y a cinquante ans , on connaissait à peine les affections laiteuses , cette source de destruction.

Quant à la médecine infantile , il me semble qu'on ne s'est pas assez convaincu que c'est une médecine entièrement différente de celle des autres âges : on ne fait même qu'un seul tout de l'une et de l'autre. Je ne connais pas d'anatomie, de physiologie spéciales de l'enfant. Les auteurs se contentent , en parlant de l'anatomie générale du corps , d'indiquer quelques - unes des dissemblances que présentent les organes à cet âge : mais ce n'est presque en rien la même chose ; et il y a peut - être autant de différence entre l'organisation de l'enfant et celle du pubère, qu'il y en a entre celle de

ce même enfant et l'embryon , ébauche de l'homme.
L'enfant manque d'organes développés chez l'adulte ;
il en a que celui-ci n'a plus. Si la forme extérieure de
quelques-uns est à peu près la même , leur forme intérieure diffère entièrement.

La physiologie offre bien d'autres dissemblances.
Chez l'homme est éteinte cette faculté qu'il avait na-
guères de croître ; il a pris à la place celle de procréer
son semblable : fonctions qui seules font , de lui et de
l'enfant , deux êtres totalement différens.

L'hygiène de l'enfant a été traitée particulièrement ,
et par des auteurs estimables et estimés ; mais elle est
loin d'être aussi avancée que celle de l'homme. La raison en est facile à concevoir. Nous sentons parfaitement bien quelle espèce d'influence ont sur nous l'air,
les alimens , les exercices , enfin tout ce que l'on appelle fort improprement les choses non naturelles ; (a)
mais il nous est impossible de bien apprécier celle
qu'elles ont sur l'enfant : pour cela il faudrait sentir
comme lui , et juger en même tems comme homme.

Nous avons un très-grand nombre de traités sur la
pathologie de l'enfance , et d'aussi bons traités que possible , avec une anatomie et une physiologie très-im-
parfaites : nous en aurons de meilleurs quand ces deux
parties fondamentales de l'art de guérir seront plus
éclairées.

Malgré ce secours , la pratique de la médecine ne
présente pas , chez les enfans , des résultats bien avantageux. Il existe , même parmi les médecins , une in-

(a) Les six choses appelées non naturelles sont l'air, les alimens, le
mouvement et le repos , le sommeil et la veille, les excrétions rete-
nues ou évacuées , et les passions.

différence condamnable à cet égard : il en est peu qui
s'occupent particulièrement de la médecine infantile ;
il n'en est point qui s'en occupent exclusivement. Cette
branche de l'art de guérir mériterait pourtant, plus
que bien d'autres, d'être exercée séparément. « Les
maladies des enfans, dit Tissot, (a) et tout ce qui regarde leur santé, sont des objets qui ont été généralement trop négligés par les médecins.» (41)

On a fait un art séparé de l'éducation physique, ou
médecine conservatrice et perfectionnante. Sa théorie
n'est pas très-bien établie; sa pratique, abandonnée
aux femmes, et surtout aux nourrices, qui, par leur
ignorance et leurs vices, sont presque le rebut de la
société, est encore dans l'enfance. Les médecins ont
beau dire, les femmes vont toujours leur train, et
dans une certaine classe de la société, ont mille fois
plus de confiance aux rêveries du grand Albert, que
dans nos modestes ordonnances : tant il est de gens
qui, comme le Thiébaut du *Médecin malgré lui*, trouvent les choses d'autant plus belles, qu'ils les entendent
moins !

Dans le siècle dernier, on a senti la nécessité de réformer cette éducation : elle n'existait même pas; (42)
mais les femmes n'ont que peu profité des lumières qui
leur ont été offertes par les Locke, les Rousseau, les
Buffon, les Harris, les Raulin, les Deleurye, les Tissot,
les Désessarts, etc. Rousseau seul peut-être s'est fait
lire d'elles, et a su les persuader; mais n'étant pas médecin, il n'a pu qu'effleurer la matière. (43)

On pense tellement aujourd'hui que l'éducation
physique et la médecine maternelle ont besoin

(a) *Avis au Peuple*, t. 2, p. 57.

de nouveaux secours, que chaque jour voit éclore quelque nouvelle production sur ce sujet : mais on y trouve souvent , à côté des vrais principes proclamés par les génies du siècle dernier , les erreurs les plus grossières. Quelques-uns , le dirai-je, semblent même avoir pris à tâche de renverser tout ce qui a été fait pour le perfectionnement de la science , et de renouveler les erreurs passées.

Ici on nous parle du méphitisme des règles, de la respiration de l'enfant dans la matrice ; là , des folles visions sur l'imagination des mères , etc. etc.

Quelle est donc cette manie de ruiner , dans un siècle, l'édifice construit dans un autre , au lieu de s'occuper de le consolider et de le corriger ! Détruire , détruire et toujours détruire ; tel est le cri d'hommes qui, dans leur ambition, ne voudraient rien admettre que ce qu'ils ont eux-mêmes cru découvrir , et qui aiment mieux rappeler des erreurs oubliées , que de penser comme leurs contemporains.

Quel tort ne font pas à la médecine ces éternelles divagations!

Un jeune docteur vient de découvrir , tout nouvellement, « que les enfans allaités par leur mère ne les aiment pas davantage ; que , si la mère aime mieux l'enfant qu'elle a substanté de son lait, cette affection est dangereuse pour lui ; que l'homme n'est pas libre , et que l'indifférence d'une nourrice le prépare aux contradictions ; que les avantages moraux de l'allaitement sont chimériques, car le physique n'a point d'influence sur le moral , et réciproquement ; enfin , que si la mère aime et caresse son nourrisson , c'est tout bonnement l'effet de l'habitude et de la sympathie qui existe entre l'uterus , autrement dit la matrice , et le sein. »

Ne semble-t-il pas entendre Sganarelle, quand il dit qu'*il y a, dans le pain et le vin, mêlés ensemble, une vertu sympathique qui fait parler?* (a)

Certes, si de pareilles chimères fructifiaient, nous retomberions dans les ténèbres dont le siècle dernier nous a vu sortir.

Mais sans parler du grand nombre d'ouvrages incomplets sur cette partie intéressante, disons un mot de ceux qui, plus étendus, ou plus convenablement écrits, se partagent l'opinion publique; afin de mieux faire voir qu'une œuvre nouvelle n'est pas, comme on le pourrait croire, inutile, et qu'elle est même commandée par les circonstances.

Deux auteurs célèbres semblent imposer silence à leurs rivaux; Buchan, en Angleterre; Alphonse Leroy, en France.

L'ouvrage de celui-ci paraît déjà jugé dans l'opinion publique. Que M. Leroy ne s'en offense pas; la place qu'il occupe est assez belle pour qu'il souffre une critique dont il a peut-être lui-même déjà reconnu la justice.

Sa *Médecine maternelle* n'est point à la portée de celles à qui il s'adresse.

Je ne parle pas des erreurs qui lui sont échappées, parce qu'elles seront pour moi l'objet d'un examen d'autant plus sévère, que M. Leroy est un redoutable

---

(a) Molière, *Médecin malgré lui*, act. II, sc. 6.

Comment ces idées ont-elles pu trouver des approbateurs? comment l'homme qui les avance, et qui n'est pourtant pas sans talent, peut-il en faire un usage si condamnable? et comment a-t-il l'impudeur de traiter Rousseau de fol? Ceci rappelle un certain rhéteur gaulois, (Rufin) qui traitait Cicéron d'allobroge; nom que, par dérision, on donnait à un peuple de la Gaule, qui passait pour très-ignorant.

adversaire. Mais je dirai que son ouvrage est incomplet, et qu'on y trouve encore du superflu. Il n'y est nullement question de l'état des femmes grosses, de leur couche; objets qui me paraissent inséparables de la médecine maternelle; car, quand la grossesse n'est point heureuse, la vie de l'enfant n'est point assurée: et, d'un autre côté, un tiers du livre est consacré aux maladies des enfans, qui sont du ressort de la médecine purement scientifique.

Buchan, dans son *Conservateur de la santé des Mères et des Enfans*, s'est mis plus à la portée des premières: mais sans entrer dans la critique anticipée de son ouvrage, je dirai qu'il me paraît inférieur aux autres du même auteur; que l'on y trouve moins de méthode, moins de simplicité que dans ceux-ci, et peu de choses nouvelles. Tout ce qui y est dit est tiré, presque mot à mot, de la *Médecine domestique*. Peut-être, au surplus, est-ce à la traduction souvent obscure, et d'un style entortillé, que je dois l'opinion que j'en porte ici. (44)

Cependant, si j'examine le fond de l'ouvrage, je ne reconnais pas plus Buchan. On lui fait dire (a) qu'après le lait de la mère, on peut donner à l'enfant un peu de bouillie légère; et dans sa *Médecine domestique*, il dit au contraire: (b) « Les aigreurs, les vers, les engorgemens du mésentère, le carreau, les coliques continuelles, les dévoiemens, les bouffissures du ventre....., les vents, les convulsions, sont la suite d'une nourriture extrêmement grossière et des plus indigestes, la bouillie; espèce de mastic qui engorge

_____

(a) Pag. 192.
(b) T. 1, chap. 1, p. 45.

les routes étroites que le chyle prend pour se rendre à la masse du sang. »

Dans un autre endroit du *Conservateur*, on trouve une erreur bien extraordinaire. (*a*) Le nouveau-né ne crie, y est-il dit, que quand les pulsations, et par conséquent la circulation, ont cessé dans le cordon ombilical ; ce qui est manifestement faux. Qui ne sait que l'enfant crie souvent avant même d'être entièrement sorti du sein de sa mère ?

Enfin, le *Conservateur de la santé des Mères et des Enfans*, ne peut bien remplir le but que l'auteur s'est proposé : il est, **comme la** *Médecine maternelle*, très-incomplet. (45)

Si nous passons à l'examen simultané des deux ouvrages que nous venons de citer, nous voyons leurs auteurs en contradiction dès les premiers mots ; nouveau motif d'écrire sur cet objet. Le traducteur de Buchan présente, dans sa préface, leurs principaux points de désunion, et ils sont en grand nombre : nous n'en citerons qu'un ici, où il a, je pense, donné à tort la préférence à l'auteur anglais.

Buchan, dit M. Duverne, (*b*) « veut mettre les mères dans le cas de se passer de la médecine, et inspirer aux nourrices les plus forts préjugés contre l'usage des remèdes. Le docteur Alphonse, au contraire, dit que *c'est une erreur de croire que la médecine est inutile aux enfans, et qu'il n'est pas de tems dans la vie où elle soit plus puissante et souvent plus nécessaire.* » (*c*)

(*a*) Pag. 494.
(*b*) Préface du *Conservateur*, p. viij.
(*c*) *Méde ine maternelle*. Introd. p. 1.

Nous nous étonnons qu'un aussi grand médecin que le docteur Buchan ait pu soutenir une proposition aussi erronnée : une courte explication en fera sentir la fausseté , et la profonde vérité de celle de son adversaire.

Qu'est-ce que la médecine ? c'est l'art de conserver la santé, de la rétablir quand elle est détruite, et de perfectionner l'homme.

Elle a pour moyens l'usage méthodique de tous les corps ou substances qui ont action sur le corps humain.

Ainsi , quand le docteur Buchan conseille de maintenir les enfans dans un air pur ; quand il décrit les alimens qui leur sont convenables , ceux qui leur sont pernicieux ; qu'il trace les erremens que doivent suivre la mère et la nourrice pour leur constituer une santé parfaite , il donne les meilleurs principes de médecine : et la mère , qui prodigue à son enfant tous les soins qui doivent lui conserver la vie ; qui évite tout ce qui pourrait lui nuire , soit à l'extérieur , soit à l'intérieur , exerce la médecine la plus salutaire , la plus belle. Certes , cet art ne fut jamais celui de faire du corps de l'enfant une pharmacie ambulante, comme le ferait croire l'éloignement que M. Buchan témoigne pour lui.

Que d'obscurs praticiens réduisent effectivement la médecine à l'art d'administrer des médicamens , elle est loin d'avoir ce but dans les mains du vrai médecin. (46)

En effet, qu'est-ce que nous entendons par remèdes , drogues ? des substances qui , n'étant pas en analogie parfaite avec notre corps , l'altèrent plus ou moins , en corrigeant par-là ses difformités.

Or, ne doit-il pas être du but de la vraie médecine d'éloigner, le plus possible, l'emploi de ces moyens altérans; de même qu'il est d'un bon chirurgien de n'en venir à une opération que quand il ne lui est plus possible de s'en dispenser ?

La médecine applique à l'intérieur ses agens, comme la chirurgie, cette partie de la médecine, applique les siens à l'extérieur. Les uns et les autres, bien et modérément ordonnés, sont également avantageux. Il est donc de la bonne médecine de ne point droguer les enfans; et M. Buchan a parfaitement raison dans la seconde partie de sa proposition, en quelque sorte contradictoire avec la première. (a)

Je pense que c'est une grande erreur de nier les bienfaits de la médecine ; et c'est faute de s'entendre, et beaucoup aussi la faute des médecins, si plusieurs l'ont fait. Il ne peut être inutile à notre objet de nous arrêter un moment ici.

Suivant l'aspect sous lequel on la considère, la science médicale mérite le respect des hommes, où les sarcasmes et le ridicule dont quelques-uns ont essayé de la couvrir.

Comme le résultat de principes certains, d'observations réelles, de faits avérés, d'expériences sûres et méthodiques, de théories qui n'admettent rien de douteux, la médecine est une science sublime qui mérite des autels, comme elle en eut dans l'antiquité. Le

(a) Descartes avait une idée bien plus grande de la médecine, que celle que nous présente l'auteur anglais. « L'esprit dépend tellement du tempérament, dit il, (*Méthod. dissert. VI*, §. *II.*) et de la disposition des organes du corps, que s'il est des moyens de rendre les hommes plus sages et plus spirituels qu'ils ne l'ont été jusqu'à ce jour, je crois que c'est dans la médecine qu'il faut les chercher. »

médecin qui la suit, et reconnaît dans la nature un
maître dont il étudie la marche, dont il se contente
de favoriser les efforts; qui ne la contrarie que quand
il est bien certain qu'elle s'égare; qui n'accorde au hasard que dans ces cas extrêmes où il est permis de recourir à des remèdes incertains, plutôt que d'abandonner le malade à une mort certaine, est un homme
recommandable, utile à l'enfance comme à l'âge mûr,
comme à la vieillesse. Il fait tout le bien qu'il est permis à l'homme de faire, et n'a à se reprocher le malheur de qui que ce soit, parce qu'il n'agit que quand
il sait, et s'abstient quand il ignore : médecine néga-
tive trop peu suivie. Si Rousseau eût considéré la
médecine et les médecins sous ce rapport, il n'eût pas
dit : *Je veux bien de la médecine, pourvu qu'elle vienne
sans le médecin.*

Si maintenant on ajoute à ce qu'il y a de constant
dans la médecine, la partie hypothétique; si l'on joint
à quelques vrais principes, à quelques bonnes conséquences, un ramas d'indigestes préceptes, de conséquences hasardées; à quelques faits certains, des milliers d'incertains; si on base le traitement des maladies
sur cet amalgame pernicieux du bon et du mauvais,
alors la médecine est, il faut l'avouer, une science
détestable, qu'il serait utile de proscrire; et le médecin
qui l'exerce est le fléau de la société.

Quels beaux ouvrages à faire, que ceux qui dans
+ chaque science, présenteraient, d'après une scru-
puleuse et rigide analyse, les seuls faits constans,
les principes fondamentaux, les axiomes de la
science! Ho! que de sciences immenses qui seraient
alors réduites à quelques pages! j'en connais même
qui occupent l'esprit humain et de grands génies,

+ *quel ouvrage ce seroit qu'une pareille
entreprise sur la médecine en particulier!*

depuis un grand nombre de siècles, et qui, soumises au creuset de l'analyse, ne présenteraient pour résultat de tant de recherches, de tant de disputes, qu'un triste *caput mortuum*. La médecine, réduite ainsi, étonnerait les incrédules, par le nombre de vérités frappantes qu'elle présenterait et qu'ils ne voient pas, parce qu'elles sont étouffées, pour la plupart, ainsi que le bon bled par l'ivraie ; elle étonnerait les trop crédules, par le grand nombre d'hypothèses qu'ils regardent comme des vérités.

La base de la médecine est d'autant plus réelle, que si nous la regardons comme une science de faits et d'observations, dirigés par le raisonnement, (ce qu'elle doit être effectivement,) nous la voyons, dès les tems les plus anciens, briller du plus grand éclat. La doctrine hippocratique est encore suivie, à peu de chose près, par les médecins les plus recommandables.

§. IV. De l'erreur en médecine, et des moyens de l'éviter.

Quand on voit les suites malheureuses des erreurs qui, de tout tems, ont terni et ternissent encore la médecine ; quand on voit surtout les nombreuses victimes de la médecine développante, ou éducation physique, on se demande si l'être qui nous a doué de la raison, et qui, par elle, a mis une si immense distance entre nous et la brute, nous a ensuite rabaissés au-dessous d'elle, en nous disposant à des infirmités et des maladies dont elle est exempte. Gardons-nous de le croire ; (a) l'homme véritablement instruit de

---

(a) « Quoi ! dit Jupiter dans le conseil des Dieux, les injustes morce que nous connaissons des lois de la nature, et qui, d'une volonté ferme en poursuivrait l'exécution, serait à l'abri de plus de maux que l'animal conduit par un instinct aveugle et borné; et ce n'est qu'une médecine perfectionnée qui peut nous conduire à cet heureux résultat.

En voyant ensuite ces erreurs proclamées par des hommes de l'art, et même par des hommes illustres, on s'étonne, et l'on s'en demande le pourquoi.

C'est d'abord qu'au lieu de chercher à rappeler la nature, en se modelant sur sa marche accoutumée, l'homme a voulu fonder sa pratique sur des théories plus ou moins absurdes qu'une aveugle prévention lui a fait regarder comme des vérités incontestables, et qui n'étaient que les chimères d'une imagination déréglée. Empruntons à ce sujet les idées d'un praticien. (a)

« La prévention, dit-il, a toujours retardé le progrès des sciences et des arts; l'art de guérir, cette science divine, n'en est pas, par malheur, plus exempte que les autres. Chacun se fait un système, l'arrange dans sa tête; et une fois qu'il y a pris racine, il est comme impossible de l'en arracher. L'esprit de parti s'en mêle, la dispute ne cesse point, on ne sait plus où l'on en est; et alors le mot de vérité ne fait naître qu'une idée vague; et tant de débats n'ont produit qu'une obscurité plus grande. Si les ministres

---

tels osent nous accuser de leur envoyer les calamités dont ils gémissent; et ce sont eux-mêmes qui se les attirent, par leur imprudence, et contre les arrêts du destin ! » HOMÈRE.

(a) De Rougères, maître en chirurgie à Plancoët, dans la ci-devant Bretagne. *Voyez* le *Traité des Vapeurs*, par Pomme, t. 2, p. 159.

de la santé avaient toujours eu présent ce beau précepte, que l'illustre Jean-Jacques a eu le courage de prendre pour devise : *Vitam impendere vero*, je crois que nos connaissances seraient plus étendues et plus certaines. »

Mais hélas ! ce n'est pas tout de prendre cette devise comme un cabaretier, dont l'enseigne annonce le meilleur vin, et qui ne donne que de la piquette ; car tel qui prend pour épigraphe : *Mentiri nescio*, à l'abri de ce rempart, ment quelquefois beaucoup mieux que d'autres. (a)

L'amour exalté de la gloire est aussi une source d'erreur. L'homme veut devenir inventeur, il le veut à toute force ; et il est si pressé de le devenir, que le premier pas qu'il fait dans la science, est ordinairement une erreur. Cette erreur s'accroît d'erreurs nouvelles, qui se consolident avec le tems ; et ce n'est que quand elles sont poussées si loin, que leur absurdité frappe tous les yeux, qu'elles tombent d'elles-mêmes dans le discrédit : et par un contraste bien singulier, et qui cependant n'est pas inexplicable, d'après ce que nous avons dit de la prévention, ces erreurs, discréditées dans le vulgaire, passent souvent encore pour vérités, aux yeux de quelques hommes de l'art. Nous en verrons plus d'un exemple dans l'allaitement. Bien des mères sont au-dessus de ridicules routines, prônées par des accoucheurs, même instruits. Ce n'est qu'après avoir usé, pour ainsi dire, de tous les genres de

---

(a) On ne peut malheureusement se dissimuler que l'on a été jusqu'à supposer des observations et des expériences ; et il est même des hommes qui ne se font aucun scrupule de le faire quand il s'agit d'appuyer des propositions qu'ils croient véritables.

préjugés, que l'homme revient à la vérité; mais il revient
à des vérités d'autant plus brillantes et fécondes, que
dans le cours du travail auquel il s'est livré, il a fait
un amas d'utiles connaissances.

« Les erreurs, a dit un homme dont le nom m'est
échappé, servent elles-mêmes à la découverte de la
vérité, comme la recherche de la pierre philosophale
a servi à fonder la chimie. »

L'homme ne veut donc paraître ne rien ignorer. Peu
de médecins font usage de cette réponse si belle, d'un
philosophe grec, *Nescio*. Il est vrai que l'on pourrait
bien ne pas leur pardonner de rester court, dans l'explication d'un phénomène médical; car l'ignorance croit
que tout est explicable, et veut qu'on lui explique tout.
Les hommes sont donc un peu la cause de ce délire de
tout expliquer, qui enfanta tant d'hypothèses, tant de
systêmes absurdes. Les médecins font alors comme
les menteurs qui, à force de débiter un mensonge,
finissent par se persuader que c'est une vérité.

Le vrai savoir consiste quelquefois à savoir qu'on
ne sait rien. Alors qu'il s'agit de phénomènes dont les
causes nous sont cachées, le demi-savoir est pernicieux; l'ignorance est salutaire. Cette ignorance ne
tue jamais : il est rare que le prétendu savoir ne tue
pas; car il est rare qu'il rencontre juste dans ses sup-
putations.

Ajoutons enfin, que la science de la nature humaine, est une des plus difficiles et des plus longues
dans son étude.

Hippocrate, ce divin vieillard, l'a exprimé d'une
manière bien précise et bien profonde, dans son premier et inimitable aphorisme : *Ars longa, vita brevis,*

occasio præceps, experimentum periculosum, judicium difficile. (a)

Combien, en effet, la vie n'est-elle pas courte, pour l'étude d'une science qui comprend celle de tous les êtres de la nature, qui tous sont en rapport avec l'homme! combien l'occasion n'est-elle pas malaisée à saisir sur un être aussi mobile! combien l'expérience n'est-elle pas périlleuse, quand la moindre erreur peut causer la mort de celui qui y est soumis! et combien les conséquences à tirer de ces expériences ne sont-elles pas incertaines, quand la même cause produit souvent plusieurs effets, et des effets contraires; quand le même effet reconnaît souvent plusieurs causes, et des causes contraires; (47) quand le hasard préside souvent seul à des résultats que nous croyons avoir décidés? (48) La nature guérit, nous nous attribuons la cure; la nature tue, on nous accuse de la mort.

Par quels moyens peut-on sortir du dédale où nous conduisent la prévention, la mauvaise foi, l'esprit de système? quels moyens avons-nous de surmonter les difficultés que présente l'étude de la nature humaine? L'analyse, cet art de considérer un objet sur toutes ses faces, de mettre toutes ses parties en un juste rapport, de séparer le vrai du faux, l'or du clinquant, de trouver la perle au milieu du fumier.

La méthode ou l'analyse, *donne*, pour me servir d'une expression de monsieur Biot, (b) *à l'intelligence*

(a) L'art est long, la vie est courte, l'occasion fuit rapidement, l'expérience est périlleuse, le jugement difficile. M. Lefebvre de Villebrune a-t-il bien traduit, quand il a mis: *mais une expérience est dangereuse?*

(b) *Essai sur l'Histoire des Sciences.*

humaine,

humaine, non des ailes qui l'égarent, mais des rênes
qui la dirigent.

C'est à l'analyse qu'Hippocrate dut son immortelle célébrité. Avant lui, la médecine ne consistait presque qu'en un amas d'indigestes observations, de faits, quelquefois vrais, plus souvent faux, dont les récits étaient écrits et suspendus dans les temples d'Escu-lape, par ceux qui en avaient été les objets ; il a su néanmoins en faire un tout magnifiquement ordonné et qui ne périra jamais.

Cet art si précieux de l'analyse n'est cependant point enseigné dans les écoles actuelles de médecine. Toutes les parties de la science médicale y sont cul-tivées et approfondies de la manière la plus savante, par des professeurs illustres, et dont le choix honore le gouvernement ; mais il n'en est pas un qui soit chargé de classer les connaissances acquises par les élèves, d'en montrer la corrélation, de faire voir les secours mutuels qu'elles se prêtent, enfin, de les unir tellement, qu'elles ne fassent plus dans l'esprit du praticien, qu'une seule science, qu'un seul art, dont le but soit le perfectionnement et la correction de l'espèce humaine.

L'élève devrait suppléer à ce vide, mais il n'y est nullement disposé par des études antécédentes. Vous demandez du latin ; demandez bien plutôt du raison-nement : le premier est utile, on ne peut se passer du second ; et cet oubli de la méthode, ne peut que con-duire à un esprit de système, qui fait déjà dans quelques jeunes têtes des progrès effrayans. (a)

_____

(a) On aurait tort de généraliser cette proposition : il est de jeunes médecins qui se sont déjà acquis une gloire véritable dans la carrière

Ce n'est point tant la multiplicité et la diversité
des connaissances, qui font le véritable homme de
l'art, que leur ordonnance méthodique. Depuis Hippocrate, on a fait en anatomie et en physiologie des
découvertes importantes ; la circulation du sang, le
système des vaisseaux lymphatiques, absorbans et
lactés, la chylification : et dans la pratique de la médecine, les Galien, les Celse, les Sydenham, les As-
truc, les Boërhaave, les Van-Swieten et mille autres,
nous ont puissamment enrichi. Pourquoi les médecins
de nos jours sont-ils donc au-dessous du père de la
médecine, eux qui ont tant de moyens, lui qui en
avait si peu ? c'est qu'il avait un profond jugement ;
c'est qu'il portait l'esprit d'observation au plus haut
degré ; c'est qu'en un mot il avait l'esprit d'analyse.

Qu'est-ce qui, de nos jours, a élevé si haut la chimie entre les mains des Stalh, des Morveau, des La-
voisier, des Bertholet, des Fourcroy, que jamais,
peut-être, science ne fit tant de progrès en si peu de
tems ; si ce n'est l'esprit d'analyse et de méthode,
qui a dirigé ces génies supérieurs ? (a)

Le défaut d'analyse explique toutes les contradictions que l'on reproche à la médecine : c'est par son
absence que le même fait, expliqué par dix personnes,

médicale ; et sans parler de quelques vivans, ce que je ne pourrais faire
sans jeter sur les autres une espèce de défaveur, je puis citer le jeune
Bichat, qui a emporté dans la tombe d'universels regrets.

(a) Pinel a essayé de faire la même chose pour la médecine clinique ;
mais la carrière est plus épineuse. Son ouvrage n'en est pas moins un
grand modèle à suivre, et ne peut qu'avancer le perfectionnement de
la science que ce médecin cultive avec tant de gloire. Il est aussi plus
d'un ouvrage moderne de médecine, où l'esprit analytique paraît avec
avantage. Tels sont entr'autres ceux de l'illustre Cabanis.

est quelquefois expliqué de dix manières ; que de la même observation on en tire dix conséquences différentes ; que la même expérience donne dix résultats. Que d'observations brillantes s'éclipsent à son flambeau ! (a) que d'ouvrages renommés qui ne pourraient résister à sa décomposition méthodique !

Nous en donnerons plus d'un exemple dans notre ouvrage : mais pour montrer notre manière de faire, nous allons en présenter deux ici, sur deux observations que leurs auteurs ont cru très-favorables à leurs opinions, et dont nous croyons pouvoir, avec l'analyse, tirer des conclusions presque totalement différentes des leurs.

M. Alphonse le Roy, dont l'imagination ardente laisse souvent échapper les différens rapports d'un objet, quand il est conduit par une idée dominante, oppose à la méthode de Jean-Jacques, sur les bains froids, qu'il s'efforce de rabaisser, un fait qui me paraît à moi, plutôt en faveur de cette méthode que contre.

« Il y eut, dit-il, (b) à Versailles, dans l'automne de 1783, une épidémie sur les enfans ; c'était une rougeole maligne..... J'observai que tous ceux qui avaient été élevés à la Jean-Jacques, ... ces enfans, en apparence les plus beaux, périssaient, lorsqu'ils étaient attaqués de cette contagion, en vingt-quatre ou trente-six heures, et la plupart ne vécurent pas jus-

---

(a) Je ne crains pas d'être démenti, car je ne dis pas encore assez, en avançant que sur cent observations, il n'en est pas une qui soit vraiment concluante. Aussi n'est-on pas embarrassé d'en trouver pour soutenir les opinions les plus contradictoires et les plus erronées.

(b) *Médecine maternelle*, p. 145.

qu'au quatrième jour. Après leur mort, ils étaient noirs et presque gangrenés; tandis que ceux qui étaient élevés chaudement en échappaient...: » et il conclut contre la méthode de Jean-Jacques.

Analysons.

C'était une rougeole maligne : la rougeole est une maladie inflammatoire, et celle-ci était portée au plus haut point.

Ces enfans étaient les plus beaux : cela veut dire les plus fortement constitués, cela dit presque les plus sanguins. L'auteur ajoute, il est vrai, *qu'ils n'étaient beaux qu'en apparence ;* mais c'est là sa croyance particulière, une supposition et non un fait constaté.

L'observation se réduit donc à ce que dans une épidémie inflammatoire, tous les enfans les mieux constitués ont succombé : mais il n'y a rien de nouveau là dedans, rien qu'on ne sache fort bien, rien qui contredise les principes de Jean-Jacques.

« Les hommes les plus robustes, dit un auteur, (a) sont ceux qui éprouvent les plus violentes secousses; les tempéramens faibles les éludent, comme des arbrisseaux que leur souplesse met à l'abri de la tempête, tandis que les chênes en sont ébranlés et déracinés. »

La mort de ces malheureux enfans prouve donc en faveur de leur forte constitution, et de la méthode qui leur en a donné une pareille.

A moins que M. Alphonse ne veuille dire que la constitution faible est la meilleure; ce qui serait une plus juste conséquence de son observation, que celle qu'il a tirée.

(a) *Journal de Lecture,* n°. 19.

Mais que d'autres préfèrent le rôle du roseau qui cède à tout vent; le rôle du chêne me paraît à moi, plus beau et plus digne d'envie.

Pourtant, par un exemple contraire à celui de M. le Roy, répondons à la faveur qu'il semble accorder, sans le dire, à la faible constitution; et fesons encore mieux voir l'erreur de sa conséquence.

Je suppose, (ce qui est arrivé plus d'une fois,) au lieu d'une épidémie inflammatoire, une épidémie dont le caractère soit de fortement débiliter. Qu'arrivera-t-il? c'est qu'à leur tour, tous les enfans faibles de constitution, tous les enfans échappés à la première épidémie, succomberont à celle-ci.

Alors, je dirai, en telle année, en telle saison, il y eut une épidémie sur les enfans; c'était une affection d'un caractère débilitant. J'observai que tous ceux qui avaient été élevés chaudement, et suivant les principes de M. Alphonse, ces enfans, en apparence les moins forts, périssaient en peu de tems, lorsqu'ils étaient attaqués de cette contagion; tandis que ceux élevés à la Jean Jacques en échappaient: et je concluerai contre la méthode chaude.

Certes, ma conséquence est aussi juste que celle de M. Leroy, quoiqu'au fond je n'aie pas plus raison que lui.

Voici le second exemple que nous avons annoncé; et il montrera bien mieux que le premier, jusqu'où peut aller la prévention et le défaut d'analyse.

M. Sacombe veut prouver que les femmes menacées de phthisie, ou actuellement phthisiques, ne peuvent nourrir. Cela est vrai en partie; (a) mais comment le prouve-t-il?

_____

(a) *Voyez* les numéros 40 et 47 de l'*Essai Aphoristique.*

« Le cinq messidor an IX, dit-il, (a) j'accouchai une dame, dont les deux sœurs et la mère avaient succombé à la phthisie. Jamais grossesse n'a été plus heureuse ; mais victime volontaire de sa tendresse pour ses enfans, rien ne put détourner cette dame de l'allaitement. Cependant, au bout de deux mois, j'obtins qu'elle sevrerait ; la maladie fit *à cette époque* des progrès si rapides, qu'elle mourut quatre mois après l'accouchement. »

Analysons.

D'abord, une phthisie et une grossesse la plus heureuse possible, impliquent contradiction : ce ne pouvait donc être qu'une disposition à la phthisie ; mais cette dame eût-elle été plus que disposée à cette terrible maladie, elle avait nourri avec succès, puisqu'elle tenait si fortement à continuer son allaitement, et puisqu'il n'est nullement question d'aucun symptôme alarmant, qui ait précédé le sevrage.

A cette époque seulement, la maladie fit des progrès effrayans.

Que conclure de sa stagnation pendant la grossesse et l'allaitement, et de son terrible et subit accroissement après le sevrage ; sinon, que c'est à ce sevrage, imprudemment exigé, et malheureusement obtenu, que c'est à M. Sacombe lui-même qu'il faut attribuer la mort de la malade, bien plutôt qu'à ce qu'il appelle entêtement à vouloir nourrir ?

_____

(a) *Elémens d'Accouchemens*, p. 373.

§. V. Plan de l'ouvrage.

J'ai dit que l'homme était dégénéré de ce qu'il avait
été ; que la population, loin de croître, était presque
partout stagnante ou décroissante. J'en ai assigné deux
causes principales ; je suis entré dans un développe-
ment assez étendu à ce sujet. J'ai montré d'abord ,
que chez plusieurs peuples anciens et modernes, elle
avait été, toutes choses égales d'ailleurs, en raison
directe du maintien plus ou moins strict de l'allaitement maternel. J'ai ensuite fait voir, par une exposition la plus succincte possible des préjugés, qu'ils n'a-
vaient pas cessé , chez nos aïeux comme chez nous, de
contrarier l'éducation physique des enfans et la médecine des mères ; que les plus grands hommes y avaient
commis des erreurs ; que nous n'avions point d'ouvrages complets sur ces objets. Enfin , j'ai tâché de dé-
montrer la nécessité de la médecine pour les enfans
comme pour l'homme fait , et de présenter les moyens
que nous avons de l'établir d'une manière sûre et constante. Que d'autres l'entreprennent pour la médecine
en général ; je veux l'essayer pour celle des mères et
des enfans.

Peut-être ai-je , plus que d'autres, le droit de traiter cette matière. Ayant passé mes premières années ,
jusqu'à vingt ans et plus, au milieu des enfans, et élevé
par un père tout à la fois grand médecin et instituteur
recommandable, qui a fait de l'éducation physique
une étude particulière , la mienne s'est naturellement
portée vers les soins que réclame la débile enfance ;
ainsi que cette belle et intéressante moitié du genre
humain , à qui nous devons et l'être et notre première
nourriture, nos premières sensations et nos premières

idées ; les femmes, dont Thomas a si bien dit : *Sans elles, les deux extrémités de la vie seraient sans secours, et le milieu sans plaisir.* Les maux qui les accablent me frappèrent de bonne heure ; de bonne heure j'en cherchai la cause et le remède. La médecine maternelle-infantile fut ma première étude ; et c'est le résultat de cette étude et de mes propres observations que j'offre ici au public. (a)

Mères , c'est à vous que je m'adresse particulièrement ; c'est vous que je veux initier dans des secrets importans ; c'est vous dont je veux guider les pas incertains. Tout ce qu'il vous sera utile de savoir , et possible d'apprendre pour votre conservation et celle de vos enfans , je le dirai.

Je ne veux point pourtant faire un traité de médecine curative ; je m'efforcerai, au contraire , d'établir que jamais mère ou nourrice ne devrait se permettre d'administrer la moindre dose d'un remède un peu actif sans le conseil d'un homme de l'art. Cependant, je tâcherai de mettre les mères à même de donner les premiers secours à leurs enfans ; les secours diététiques , qui ne demandent que peu de connaissances ; ces secours de tous les momens, qui peuvent, mieux souvent que les remèdes pharmaceutiques , rétablir une santé dérangée, ou même entièrement délabrée. Je veux faire de mon ouvrage le *Manuel* des femmes qui entrent dans l'état de mariage ; je veux

---

(a) Mais je ne me dissimule pas que si mon ouvrage vaut quelque chose, que si l'on y trouve quelqu'idée saine , je le dois aux bons principes gravés dans mon ame dès l'âge le plus tendre. J'aime à rendre cet hommage public à un père que je révère.

que la mère en prescrive la lecture à sa fille, quand celle-ci deviendra mère à son tour.

Lorsque des discussions scientifiques me paraîtront nécessaires pour prouver mes assertions, ou combattre celles des autres, (discussions que je ferai ensorte de rendre utiles à ceux qui se destinent à l'art de guérir) je les rejetterai dans les notes; (49) j'y rejetterai de même tout ce qui pourrait interrompre le fil du discours, et les citations un peu longues, et les nombreuses observations, tant des autres que celles qui me sont personnelles, dont j'enrichirai mon ouvrage, parce que rien ne frappe plus que des faits.

Eloignant tout systême, je partirai de l'étude de la nature humaine; je ne ferai usage que de faits constans, de théories confirmées; je ne chercherai pas à expliquer ce qui ne peut l'être, ou si je hasarde une explication, je ne baserai dessus aucune méthode d'éducation ou de traitement. Me dégageant, autant que possible, de tout amour-propre, de tout esprit de parti, je tâcherai de juger des autres, de leurs observations et des miennes, sans partialité.

Un de mes principaux buts sera la destruction des préjugés, des erreurs, qui portent obstacle à l'accroissement ou au perfectionnement de l'espèce. Nécessairement, j'aurai plus d'un adversaire à combattre. Je les prie de m'excuser, si mes expressions ont pu et peuvent encore les blesser; c'est à leur opinion, et non à leur personne, que j'attache la désapprobation ou le ridicule, suivant qu'elles me paraissent dignes ou non d'une réfutation raisonnable.

Voici maintenant mon plan.

D'abord, j'ai cru qu'il pouvait être utile de rassembler, dans un cadre étroit, les principes fondamen-

taux de la science. Celui qui entre dans la carrière médicale pourra y trouver quelques instructions; celui
qui l'a déjà parcourue se rappeler les connaissances
qu'il a acquises :

Indocti discant, ament meminisse periti.

Il pourra être pour les pères et mères un régulateur de
leur conduite.

Eloignant toutes discussions de ce premier travail,
il sera nécessairement une suite de thèses, de propositions, de sentences, d'aphorismes, dont je donnerai
les preuves et les développemens dans mon ouvrage,
et que j'ai rassemblés sous le titre d'*Essai aphoristique.*

Ce travail particulier sera suivi du corps de l'ouvrage, dans lequel je prendrai l'enfant et la mère à
l'instant de la conception, *ab ovo*, pour les conduire
jusqu'au sevrage, moment où cesse leur corrélation
intime.

1°. Jetant auparavant, mes regards en arrière, je
parlerai de l'état de mariage, des principes physiques
qui doivent régler l'union de l'homme et de la femme,
et de la conduite de celle-ci, à l'effet de remplir, le
plus complettement possible, le but de cette institu-
tion ; je parlerai des règles, ce signe de la fécondité,
de leur suppression; de la stérilité.

2°. J'exposerai les différens systèmes de la génération ; je séparerai le peu qu'il y a de certain sur un
objet si caché, pour en tirer d'utiles conséquences.

3°. Je parlerai des différentes grossesses, de leurs
accidens, des avortemens naturels et forcés, des
fausses-couches et des couches naturelles, et du régime
de la femme dans ces différens états.

4°. Je dirai quels sont les premiers soins que réclame l'enfant, et ceux qu'il réclame aux différentes époques de son accroissement jusqu'au sevrage, eu égard à l'influence des choses dites non naturelles ; (a) je parlerai des secours que demandent leurs petites indispositions, de la dentition, des convulsions si communes chez eux ; et sans vouloir faire un traité sur la petite-vérole, je dirai un mot de ses cruelles suites, de son inoculation, et de la vaccine.

5°. Je ferai un chapitre séparé de la nécessité de l'allaitement maternel pour la mère, pour l'enfant, sous les rapports physiques et moraux ; je dirai quels sont les obstacles à cet allaitement, et leurs moyens de correction ; j'exposerai les dangers de l'allaitement mercenaire, sous le rapport des vices des nourrices ; je ferai le parallèle des villes, et principalement de Paris et des campagnes, sous le rapport de l'allaitement.

Ma profession de foi sur l'allaitement est celle-ci : que les partisans exclusifs du maternel, à la tête desquels est Rousseau, ont trop exagéré les dangers du mercenaire ; que les partisans de celui-ci ont trop peu fait de cas des avantages réels du premier.

6°. Enfin, je traiterai de l'allaitement étranger, soit mercenaire, soit artificiel ; je dirai quelles sont les qualités que l'on doit rechercher chez une nourrice ; quel doit être son régime, et quels soins elle doit à l'enfant.

J'ajouterai, après les notes et observations, une bibliographie maternelle-infantile, où j'indiquerai tous les ouvrages qui ont paru sur la matière que je traite, et où je donnerai même une analyse succincte et la

---

(a) *Voyez* la note, page 51.

critique de ceux que j'aurai pu me procurer, pour pré-
munir les lecteurs contre leurs erreurs.

Je terminerai par un petit dictionnaire des mots
techniques ou autres, dont j'aurai été obligé de me
servir, et qui pourraient ne pas être à la portée du
commun des hommes. (a)

(a) 2°. *J'exposerai les différens systêmes de la génération ; je séparerai le peu qu'il y a de certain sur un objet si caché, pour en tirer
d'utiles conséquences.* (*Voy.* page 74.)

Je travaillais à ce chapitre de mon ouvrage, lorsque le phénomène
de Verneuil parut : j'en conçus une explication conforme aux principes que j'établis. Cette explication et l'exposition de ces principes
rentrant dans mon plan, j'ai cru devoir joindre à ce Discours ma *Dissertation sur le Fœtus trouvé à Verneuil,* etc., et j'ai fait brocher ou
relier ensemble les deux ouvrages.

ERRATUM.

(*Voyez* la page 30, ligne 4, et après ces mots, *vous en sauront gré
eux-mêmes,* ajoutez ce qui suit, porté en renvoi dans le manuscrit,
et qui a été oublié par le compositeur.)

Loin de moi cependant l'idée de vouloir porter la désunion dans les
familles, en mettant entre leurs membres une opposition de sentimens. Il est des circonstances où l'on est forcé de céder à une dure nécessité ; il est des motifs de non-allaitement que nous ne pouvons scruter ;
il est des conditions de la vie humaine avec lesquelles l'allaitement est
incompatible : on en cite beaucoup ; il en est peu, mais il en est : et si
les femmes souffrent quelquefois de cette impossibilité où elle se trouve
de nourrir leurs enfans, n'est-il pas des professions qui mettent
nos jours en danger, ou les abrègent nécessairement, et dont nous
sommes pourtant obligés de remplir les devoirs ?

Dans cette occurence délicate, le médecin honnête, content de pro-
pager, par ses écrits, une opinion qu'il croit saine, s'abstient, hors
delà, de toutes représentations indiscrètes, et ne parle que quand il y
est invité ou qu'on le consulte sur un sujet sur lequel les femmes, il
faut le dire, nous consultent trop peu souvent, ou quand il y a un
danger imminent à se taire.

NOTES.

(1) Page 1re. *Sur la critique.*

PLUSIEURS motifs m'ont engagé et même forcé de faire paraître ce Discours avant le corps de l'ouvrage. Je tire de cette publication un grand avantage : comme on voit facilement quels sont mes principes et ma *manière de faire*, je pourrai profiter par avance des justes critiques auxquelles cet écrit pourrait donner lieu.

(2) Page 2. *Sur les centenaires.*

On lit, dans quelques historiens, que quand on fesait le cens à Rome, on y mettait l'âge de chaque citoyen : et dans le dénombrement de plusieurs petites villes d'Italie, de ce temps-là, on est tout étonné d'y voir un si grand nombre d'hommes qui passent de beaucoup l'âge de cent ans ; ce qui est presque un phénomène parmi nous. (*Dissert. sur l'Education physique des Enfans.* Ballexserd, p. 24.)

Pline parle d'une actrice, nommée Lucéja, qui montait encore sur le théâtre à l'âge de cent ans. (*L'Improvisateur*, au mot *actrice.*)

(3) Page 2. *Sur la population des anciens tems.*

Diodore de Sicile rapporte que Darius conduisit en Bactrie une armée de près de deux millions d'hommes, à laquelle le roi des Bactriens en opposa quatre cent mille ; que Sémiramis fit passer dans l'Inde quatre millions et demi d'hommes armés ; que les Mèdes, dans une expédition contre les Cadusiens, en conduisirent huit cent mille. (*L.* 2, §. 5, 6, 7, 16, 17, 33.)

Darius, l'an 508 avant J. C., marche contre les Scythes avec sept cent mille hommes. (*Just. l.* 2, *cap.* 5, et *Anacharsis, Introd.*) Xerxès, son successeur, l'an 480, en rassemble cinq millions pour soumettre la Grèce. Vaincu , il ne ramène pas en Perse la dixième partie de ses troupes , et son royaume est à peine ébranlé de cette perte énorme. (*Anacharsis* , Introd. ; *Herodot. l.* 7 *; Isocrat. , Panat. , t.* 2.)

Un autre Darius, roi de Perse comme le précédent, plus d'un siècle après, oppose au grand Alexandre, et dans une seule bataille , trois cent mille combattans ; et de pareilles réunions se renouvellent à différentes reprises. (*Quint-Curce* , l. 3 , §. 2 et suivans.)

Que d'exemples pareils ne pourrais-je pas encore rapporter ! *V.* Wallace , sur la *Différence du nombre des hommes* , etc.

(4) Page 2. *Sur les merveilles du monde.*

Pline rapporte qu'il en coûta dix-huit cents talens seulement pour les raves et oignons qui servirent à la nourriture des ouvriers employés à la construction des pyramides d'Egypte , une de ces merveilles. Il y travailla , dit-on , trois cent soixante mille ouvriers pendant vingt années. (*Encyclopédie élémentaire* , par Petity, t. 2 , p. 369.) Le talent pouvait valoir cinq mille quatre cents livres.

Sémiramis , au rapport de Diodore de Sicile, rassembla deux millions d'hommes pour bâtir Babylone, une autre de ces merveilles.

(5) Page 8. *Sur la population de Rome à différentes époques.*

Lorsque Romulus fonda Rome , ses forces militaires ne se montaient qu'à trois mille trois cents hommes , tant fantassins que cavaliers ; et trente-sept ans après, à sa mort, elles allaient à quarante-sept mille. On fit un dénombrement des hommes en état de porter les armes sous Servius-Tullius , l'an 175 de la fondation de Rome ; et Tite-Live , (*lib.* 1 , *cap.* 44) rapporte qu'il s'y trouva quatre-vingt mille citoyens d'enrôlés : il s'en trouvait près de trois cent mille l'an 500. (*Wallace* , ouvrage cité, p. 112.) Les esclaves ne se trouvent point compris dans ce nombre.

(6) Page 9. *Sur les mœurs des Romains à différentes époques.*

Tant que l'allaitement maternel fut un constant usage chez les Romains , c'est-à-dire, pendant cinq cents années , il n'y eut qu'un seul exemple de la dissolution du mariage. « En vain la loi, dit Thomas, (*Essai sur les Femmes*, p. 24) prévenant des besoins qui n'existent que chez des peuples corrompus , permettait le divorce ; le divorce, autorisé par la loi, était proscrit par les mœurs. » Mais sous les empereurs , tems où nous avons dit que l'allaitement mercenaire fut presque une loi , « le vice n'eut plus de frein, dit le même auteur ; la débauche redouta la fécondité. On apprit à tromper la nature ; l'art affreux des avortemens se perfectionna. Les passions , tous les jours renaissantes , purent s'assouvir tous les jours ; et les femmes, lasses de tout , dégoûtées de tout , multiplièrent dans Rome les monstres de l'Asie , et firent mutiler leurs esclaves pour satisfaire les nouveaux caprices d'une imagination usée par ses plaisirs mêmes. Alors les vices furent plus puissans que les lois. On ne s'occupa plus de conserver les mœurs , mais de punir les crimes ; et leur nature et leur nombre effrayant les tribunaux, il fallut pour ainsi dire que la loi se couvrît d'un voile , parce qu'il y aurait eu autant de danger que de honte à apercevoir tous les coupables. Quand Septime Sévère monta sur le trône, il trouva trois mille accusations d'adultère. Il fut obligé de renoncer à ses projets de réforme. »

Certes, l'allaitement maternel est incompatible avec une pareille dissolution.

(7) Page 10. *Sur Marie-Thérèse, reine de Hongrie.*

« Marie - Thérèse, opposant le courage à l'adversité, paraît à Presbourg , au milieu des quatre ordres de l'état, tenant entre ses bras son fils aîné encore à la mamelle ; elle le soulève aux yeux de l'assemblée, le fait passer de rang en rang : *Je mets*, dit – elle, *entre vos mains, la fille et le fils de vos rois, qui attendent de vous leur salut.* Tous les Palatins hongrois attendris tirent leur sabre en s'écriant : *Moriamur pro rege nostro Maria – Theresia.* Ce qui rendait cette scène plus touchante, c'est que cette princesse était encore enceinte ; et il n'y avait pas long-tems qu'elle avait écrit à la duchesse de Lorraine, sa belle – mère : *J'ignore s'il me restera une ville pour y faire mes couches.* » (Vie privée de Louis XV, t. 2.)

(8) Page 11. *Sur la population des Gaules.*

Wallace, (ouvrage déjà cité, page 130 et suiv.) porte la population des Gaules occupées par les Acquitains, les Celtes, les Belges, les Francs, tous peuples voisins de la nature, à trente - deux, trente – neuf et même quarante – huit millions d'ames, suivant qu'il prend ses calculs dans Plutarque, César ou Templeman. En prenant la plus petite évaluation, la France est presque un tiers moins peuplée qu'elle n'était jadis, à raison du grand nombre de terrains incultes et de forêts qui diminuaient alors l'espace habitable.

(9) Page 12. *Sur la population de la Chine et celle de la France.*

Le mille anglais dont il est parlé ici, est le tiers, ou à peu près, de la lieue de France : ainsi le mille carré est le neuvième de la lieue carrée. La lieue carrée contient donc, en Chine, deux mille sept cents habitans, tandis qu'elle n'en contient, en France, que mille vingt, d'après le dernier tableau statistique de M. Tremblay.

(10) Page 14. *Sur la mortalité des enfans - trouvés et de ceux remis au bureau des Nourrices, à Paris.*

Depuis, et y compris l'année 1790 jusqu'aux six premiers mois de l'an 11, il a été porté aux enfans - trouvés 55,106 enfans ; il en est mort 31,584.

Il

Il a été remis au bureau des nourrices ;

En l'an 7 , 4,769 enfans ; il en est mort le $\frac{1}{4}$ moins 10.

En l'an 8 , 3,863 ; il en est mort le $\frac{1}{4}$ plus 186.

En l'an 9 , 4,213 ; il en est mort le $\frac{1}{4}$ plus 22.

Dans leur 1re. année.

Les années 10 et 11 ne sont pas portées sur le rapport, ni les années antérieures.

Nous entrerons, dans notre ouvrage, dans de plus longs détails à ce sujet.

(11) Page 16. *Sur les maladies des enfans.*

« C'est dans l'enfance que les maladies sont plus fréquentes, plus dangereuses et plus difficiles à guérir. »

(*Brouzet*, Education médicinale des Enfans, *préf. p.* iv.)

Le même médecin s'appuye d'un passage que nous croyons devoir citer à notre tour, pour opposer de respectables autorités à l'opinion de M. Leroy, qui ne tend à rien moins qu'à faire négliger l'étude de la médecine enfantile par l'idée du peu de difficultés qu'elle présente selon lui.

Et sanè perquàm difficile est puerorum morbos, causas et symptomata dignoscere, et sæpè divinatione opus esset, quia defectus suos vel ob denegatam loquelam, vel ob intellectús imbecillitatem explicare non possunt. Undè res apud plurimos eò devenit ut credant vel nullam infantum morbis deberi curam, vel medicorum saltem non esse circa hanc occupari. Proptereà major habetur fides idiotæ alicui mulieri, quàm exercitato medico, quasi res per se cognitu difficilior à muliere medicastrá faciliùs dignosceretur. »
(Whofferi Hercules, medicus, *de morb. inf. p.* 353.)

(12) Page 16. *Sur la mortalité des enfans des noirs.*

On assure qu'il a été constaté qu'en Amérique, et dans la caste noire, la mortalité est plus grande parmi les hommes faits que parmi les enfans. Cette exception à une règle qui

6

paraît générale, vient sans doute des travaux pénibles aux-
quels sont assujettis les hommes noirs ; tandis que leurs enfans, nourris par leur mère, reçoivent une éducation physique, conforme au vœu de la nature.

(13) Page 18. *Sur l'amour paternel.*

« J'ai soigné cette fleur qui fait l'ornement de mon par-
terre : aux yeux indifférens elle n'est peut-être pas la plus
belle ; mais aux miens, elle surpasse toutes les autres. C'est
que je la vis germer, c'est que je l'arrosai, c'est que je prêtai
à sa jeunesse un appui bienfaisant, c'est qu'elle a grandi sous
mes auspices. Mère, tu as plus fait, tu l'as porté dans ton
sein, cet enfant chéri ; il s'est accru de ta propre substance :
sans toi, vingt fois il eût été ravi à la lumière ; plus il t'aura
coûté, plus il te sera cher. Ainsi, la nature bienfaisante, aux
peines, ajoute les plaisirs ! » (*Discours de l'auteur sur le
devoir et le besoin d'aimer*, imprimé en l'an 8.)

Delille a exprimé en deux vers la même pensée.

> L'arbre qu'on a planté plaît plus à notre vue
> Que le parc de Versailles et sa vaste étendue.

Mais madame Deshoulières avait dit avant lui :

> L'arbre qu'on a planté sourit à notre vue.

(14) Page 18. *Sur les reprises des veuves turques.*

A la mort d'un père, on fait sept lots de ses biens ; deux
pour la mère, cinq pour les enfans : mais si la veuve a allaité
ceux-ci, elle prend en sus le tiers des cinq lots. (*Questions sur
l'Encyclop.* Voltaire, au mot *Coran.*)

(15) Page 19. *Sur un décret de la Convention touchant
l'allaitement.*

En l'an 2 de la république française, la Convention natio-
nale, qui a fait tant de grandes choses, rendit un décret en
faveur de l'allaitement, dont voici le considérant :

« Il importe à la régénération des mœurs, à la propagation des vertus et à l'intérêt public, d'encourager les mères à remplir elles-mêmes le devoir sacré d'allaiter et de soigner leurs enfans, etc. »

Le malheur fut que la faveur accordée par la loi aux mères-nourrices ne tombait que sur des femmes coupables : c'était l'allaitement en général qu'il fallait favoriser, et non pas seulement celui des filles-mères. Voilà ce qui a justement fait ridiculiser ce décret. Mais que l'on substitue à ces mots : *Toute fille qui déclarerait vouloir allaiter son enfant, et qui aurait besoin de secours, aurait droit d'en réclamer ; Toute femme qui déclarerait*, etc. alors la loi devient juste et exempte de tout reproche d'immoralité. Et si, sous la déno-mination générale de *femme*, se trouve comprise la fille crimi-nelle, c'est qu'il serait barbare d'abandonner à une mort cer-taine un enfant et sa mère, parce que celle-ci aurait commis une faute.

(16) Page 19. *Sur l'allaitement.* (ARISTOPHANE.)

Ce poëte comique met dans la bouche d'un de ses interlo-cuteurs, parlant à un magistrat d'Athènes : *Vous nourrissez très-mal le peuple ; semblable en cela aux nourrices, qui ne donnent aux enfans que la moitié de la nourriture qui leur est nécessaire.* (In equilib., act. 2, sc. 2.)

(17) Page 19. *Sur l'allaitement.* (PHÈDRE.)

Phèdre montre, dans sa fable intitulée : *Agnus a capellâ nutritus*, combien celle qui allaite est préférable à celle qui a enfanté. On en lira avec plaisir, sans doute, l'imitation, par le père du Cerceau.

L'agneau nourri par une chèvre.

Un pauvre agneau, par un sort déplorable,
De sa mère en naissant se vit abandonné ;
  Mais une chèvre charitable
Recueillit, allaita le pauvre infortuné,
  Comme si d'elle il était né.
L'agneau reconnaissant, aux champs comme à l'étable,

La suivait avec soin. Tu te méprends, Thibaut,
Lui dit un chien : prends garde au poil et considère;
La chèvre que tu suis ne fut jamais ta mère.
Je sais ce que je fais, répondit-il tout haut,
Et n'examine point comment ma mère est faite;
Ma véritable mère est celle qui m'allaite.

(18) Page 19. *Sur l'allaitement.*

Extrait d'un discours de Favorin, sur l'obligation aux mères de nourrir leurs enfans.

« Votre épouse, dit Favorin, à un sénateur, son disciple, dont la femme venait de lui donner un fils, se propose sans doute de nourrir elle-même ce cher fils ? Ah ! s'écria la mère qui nous écoutait, on va tuer cette pauvre enfant, si aux douloureux efforts de l'accouchement, on joint sans pitié les labeurs et les incommodités de la nutrition.

» Eh ! de grace, Madame, reprend le philosophe, souffrez que votre fille soit tout-à-fait mère de son enfant : qu'est-ce donc que ce partage odieux et maudit par la nature ? qu'est-ce que cette demi-maternité, qui consiste à donner le jour à une innocente créature, et à la rejeter aussitôt loin d'elle ? Cet être informe, et que vous ne pouviez apercevoir lorsqu'il était renfermé dans votre sein, qu'alors cependant vous avez nourri du plus pur de votre sang; mère indolente, quelle horrible inconséquence de lui refuser votre lait, actuellement qu'il est sous vos yeux, qu'il participe à la vie, qu'il est homme; actuellement que ses caresses et ses cris réclament la tendresse et les droits inviolables de la maternité.

» Pensez-vous donc, Madame, pensez-vous que ces globes séduisans qui parent votre sexe, aient été arrondis par la main des graces, pour être l'ornement seul du sein ; et ne savez-vous pas qu'ils furent placés par la nature, pour être la ressource des nouveaux-nés ?

» Si c'est un attentat odieux et digne de toute l'exécration de la terre, de faire périr une créature innocente, dans les premiers instans de la vie, de l'étouffer, pour ainsi dire, entre les mains de la nature qui l'ébauche, et qui commence à la former; croyez-vous que c'en soit un bien moindre, lorsqu'elle a acquis sa perfection, lorsque vous l'avez mise au monde, lorsqu'elle est votre enfant, de lui refuser avec dureté cette nourriture qui lui est destinée; nourriture qu'elle connaît, et à laquelle elle est accoutumée depuis si long-tems.

» Eh! qu'importe, répond-on, quelle espèce de lait l'enfant suce, pourvu qu'on lui en fournisse et qu'il le fasse vivre? Que n'ajoutes-tu donc aussi, père dénaturé, que m'importe de quel sang mon fils soit issu, et de quel sein il prenne la vie! Car enfin, cette liqueur précieuse, que l'abondance des esprits et la fermentation intérieure ont blanchie, n'est-elle pas dans les mamelles, ce même sang qui vient de former l'enfant dans les entrailles de la mère? n'est-ce pas ce sang qui, après avoir fini d'animer l'homme dans le sein maternel, par une économie admirable de la nature, au moment de la délivrance, remonte à la poitrine, s'y fixe pour étayer les faibles débuts d'une existence fragile, pour fournir au nouveau-né un aliment doux et familier?

» Quelle manie dès-lors, et quel dommage de livrer, pour ainsi dire, au sein d'une vile mercenaire, et la noblesse d'ame de l'enfant qui vient de naître, et la vigueur de son tempérament, au risque de voir l'une se corrompre, et l'autre s'énerver dans un lait ignoble et étranger, surtout si la nourrice, que la mère se substitue, est méchante, contrefaite, libertine, adonnée au vin; car en pareille occasion, on prend sans discernement la première femme qui peut mettre à prix ses soins et son lait.

« Jeunes épouses, si tous ces dangers ne font sur vous qu'une légère impression, qu'au moins l'intérêt de votre cœur le plus cher, vous réveille et vous touche. Faites bien attention que la mère qui abandonne son fruit, qui l'éloigne d'elle, qui le livre à une étrangère, rompt par-là même, ce lien si doux d'affection et d'amour, dont la nature se sert pour attacher l'ame des enfans à celle des parens; ou du moins qu'elle l'affaiblit et qu'elle le relâche étrangement : car dès que vos yeux ne rencontreront plus ce fils que vous avez exilé, vous sentirez s'amortir peu à peu et s'éteindre enfin ces flammes sacrées de l'amour maternel, dont rien, dans le cœur des bonnes mères, ne peut arrêter l'impétuosité et l'énergie; vous n'entendrez plus ces murmures toujours renaissans d'inquiétude et de tendresse; et le souvenir d'un enfant donné à la nourrice, s'effacera presqu'aussi vite que si la mort l'avait arraché d'entre vos bras.

» L'enfant, de son côté, ne connaît que le sein qui l'allaite; sentimens, affections, caresses, tout est pour la nourrice. La véritable mère ne recueille que l'indifférence et l'oubli : ensorte que toutes les impressions du sang, tous les germes de l'amour filial, ayant été étouffés dans le cœur de l'enfant dès le premier instant de la vie, si par la suite on le voit témoigner quelqu'attachement aux auteurs de ses jours, il n'est point guidé par les cris de la nature : c'est une démonstration de pure civilité; elle dépend presqu'uniquement de l'opinion qui lui assigne telles personnes pour ses parens. »

(19) Page 19. *Sur l'allaitement.* (Marc-Aurèle.)

La femme, dit Marc-Aurèle, est moitié mère pour enfanter, et moitié pour nourrir son fruit; de manière qu'elle ne se peut appeler mère entière que lorsqu'elle a enfanté et nourri ses enfans de ses propres mamelles. (*Ambroise Paré*, p. 6o3.)

(20) Page 20. *Sur l'allaitement.* (Pères de l'Église.)

« Quelle étrange barbarie! s'écrie saint Jérôme, en parlant des mères qui abandonnent leurs enfans à des nourrices. Non, je ne puis croire qu'il y ait jamais eu de mères assez cruelles pour cela. » (*Lettre à la dame Leta*, p. 20.)

» Quelle différence entre une pauvre femme et une riche,

dit saint Chrysostôme : la première est la mère et la nourrice de son enfant ; ce n'est plus cela chez la seconde. »

» Mères d'autant plus barbares, dit saint Paulin, qu'elles sacrifient également leur propre santé et celle des malheureuses victimes auxquelles il eût été à souhaiter qu'elles n'eussent point donné la vie ; car un seul jour ne suffirait pas pour nombrer les maux que cause une nourriture étrangère. »

» Il est en quelque sorte contre la nature de priver les mères de leurs petits, sur-tout après leur naissance, lorsqu'ils les déchargent du lait qu'elles ont d'abord en abondance. » (*Clément d'Alexandrie.* Strom. liv. 2, c. 8.)

(21) Page 20. *Sur l'allaitement.* (CHANCELIER DE L'HOPITAL.)

« Nos beautés, élevées dans les délices d'une vie voluptueuse, uniquement occupées de leurs charmes, refusent la nourriture à leurs enfans. Comme d'injustes marâtres, elles dissipent le plus beau don des immortels, en détournant la source de cette liqueur pure. La conservation de leurs graces et de leurs attraits les intéresse davantage que la vie et la santé de ces enfans infortunés, qu'un usage dénaturé prive de la vue de ceux qui les ont fait naître. Que de maux résultent de-là ! Jeunes encore, nous suçons avec le lait le germe de la corruption. Cette nourriture est un adultère qui dénature le sang de nos aïeux. Rarement aussi le fils ressemble-t-il à son père ; et quand la couche nuptiale serait sans tache, ce lait mercenaire n'en déprave pas moins la nature et le cœur. Et nous sommes étonnés que les races s'abâtardissent, tandis que nos mères n'ont plus de lait pour nous, et que l'aride sein d'une femme servile est le seul aliment qu'on nous donne ! » (*Traduct. des poésies latines du Chancelier ;* 1778. *Moutard.*)

(22) Page 20. *Sur l'allaitement.* (SCÉVOLE DE SAINTE-MARTHE.)

« Les ourses même des Alpes, les tigresses et toutes les

bêtes sauvages, présentent à leurs petits leurs mamelles ; et vous que la nature a doué d'un naturel plus doux, vous avez plus de cruauté que les féroces habitans des forêts..... Qu'est-ce qui portera donc entre ses bras ce malheureux enfant, et sur la poitrine de qui se reposera-t-il ? Qu'est-ce qui aura le plaisir d'entendre ses premiers cris, et le doux murmure des premières paroles, qu'il prononcera d'une langue bégayante, et de surprendre ses premiers ris. »

Dulcia quis primi captabit gaudia risûs
Et primas voces, et blasœ murmura linguœ.

(*Pœdotraphia*, ou *la manière de nourrir les enfans à la mamelle ; poëme latin*, 1584. *Traduit par le petit-fils de l'auteur, Scévole de Sainte-Marthe, en* 1698.)

(23) Page 20. *Sur l'allaitement.* (BUFFON, VAN-SWIETEN, BUCHAN, VERDIER père, BALLEXSERD et MACQUART.)

« Il n'y a, dit Buffon, que la tendresse maternelle qui soit capable de cette vigilance continuelle si nécessaire aux enfans ; et l'on ne peut jamais l'espérer de nourrices mercenaires et grossières. » (*Hist. nat. de l'homme.*)

« Combien la tendre sollicitude des animaux pour leurs petits, ne met-elle pas la brute même au-dessus des mères assez coupables pour refuser d'allaiter leurs enfans ? » *Van-Swieten* ; Maladies des Enfans, *préface.*

« Si j'étais consulté, dit Buchan, sur quelque remède contre la plus grande partie, non-seulement des maladies ; mais encore des vices de la société, je n'en indiquerais pas d'autre que la stricte attention des mères à nourrir elles-mêmes leurs enfans. » (*Conservateur des mères et des enfans*, p. 180.)

« Quand on approfondit les maux physiques et moraux qui sont les suites de l'allaitement étranger, on se persuade aisément que c'est une des plus grandes cruautés dont le genre humain se soit rendu coupable. » (*Mémoires sur la perfectibilité de l'homme. Recueil* 1er.)

Ballexserd dit, et Macquart répète, « que la première

femme qui s'est affranchie sans raison des tendres soins
d'une mère, aurait dû être regardée comme l'opprobre de
son sexe. »(*Ballexserd, Diss. sur l'éducation physique des
enfans ; Macquart, Encyclop. méth.* art. *allaitement.*)

Nota. Nous n'avons cité que les médecins qui se sont
spécialement occupés de rappeler les mères à leurs devoirs ;
et il est probable même que nous en avons oublié : mais s'il
eût fallu nommer tous ceux qui ont présenté l'allaitement
maternel comme un bien, et le mercenaire comme un mal,
nous les aurions nommés presque tous, à quelques exceptions
près, dont nous aurons occasion de parler. Nous n'avons
cité non plus que les paroles les plus remarquables sur ce
sujet.

(24) Page 20. *Sur l'allaitement.* (Ode, Fable, Epître.)

Nous avons sur la nécessité aux mères de nourrir leurs
enfans, une ode d'un nommé Sabatier, professeur d'éloquence ; nous n'en citerons que deux strophes.

> Osez-vous, mères inflexibles,
> Leur prescrire un exil affreux ?
> A peine ont-ils vu la lumière,
> Qu'une vanité meurtrière
> Loin de vous place leurs berceaux.
> L'usage a dit : qu'on m'obéisse ;
> S'il commandait leur sacrifice,
> Vous creuseriez donc leurs tombeaux ?
>
> Le premier baiser de leur bouche
> Est le signal de vos fureurs.
> Si, malgré leurs mains suppliantes,
> Et leurs caresses innocentes,
> La nature vous parle en vain,
> Par votre rage possédées,
> Il fallait, nouvelles Médées,
> Les étouffer dans votre sein.

L'abbé Aubert a peint en style naïf, la tendre sollicitude
d'une mère, dans sa fable de *la Linotte.* Nous croyons faire

plaisir à nos lecteurs, de transcrire ici, au moins en partie,
cette fable, digne de Lafontaine :

> A certaine linòtte un jour on enleva
> Le précieux trésor qui tenait enfermée
> Sa tendresse avec sa couvée.
>
> . . . .
>
> Elle va conter son malheur
> Dans tout le voisinage. On la plaint ; mais qu'y faire ?
> Il faut vous consoler, lui dit-on : vos petits
> Sont peut-être en bon lieu, bien choyés, bien nourris ;
> . . . .
> Croyez que de leurs jours le fil si délié
> N'a pas senti la main de la parque cruelle.
> Eh ! quand cela serait, dit-elle,
> Quand la main du trépas les aurait respectés,
> Leur perte pour mon cœur en est-elle moins dure ?
> D'un autre ils prennent leur pâture,
> Par un autre ils sont caressés,
> Un autre a le plaisir de les voir à toute heure ;
> J'en suis seule privée : il faudra que j'en meure.
> Mais si l'on a pour eux des soins vifs, empressés....?
> On n'en aura jamais assez.
> Cet autre, est-ce une mère attentive, zélée,
> Sachant ce qu'il leur faut, et ce qui leur nuirait?
> Cette main, qui sous eux arrange le duvet,
> Par l'amour est-elle guidée ?

Citons encore un passage d'une épître de madame Lau-
rencin à son amie, sur l'obligation où sont les mères d'allaiter leurs enfans :

> Tu connais les devoirs qu'un saint nœud nous impose,
> Ton vœu le plus ardent sera de le remplir.
> Il en est un, surtout, bien cher à la nature,
> Dont l'oubli peut coûter un remords éternel ;
> Qu'il soit sacré pour toi ! Dans le sein maternel,
> Ah ! laisse tes enfans puiser leur nourriture :
> Ces fruits d'un chaste hymen, par nos maux achetés,
> Quoi ! nous les confions à des mains mercenaires,
> Tandis que des forêts les hôtes sanguinaires
> Allaitent les petits que leurs flancs ont portés !

O toi ! qui , sans frémir d'une erreur si funeste ,
N'as pas craint d'outrager la nature et l'amour ;
Toi , qui livras ton fils en lui donnant le jour ,
Barbare , réponds-moi , c'est ton cœur que j'atteste :
Lorsque , dans un berceau qu'investit le danger ,
On élève le fruit , l'objet de tes tendresses ,
Songes-tu qu'en son sang coule un sang étranger ,
Et qu'une autre que toi jouit de ses caresses ?
Va tenter . . . .
D'obtenir que le sien veuille te reconnaître ;
Tu le verras, fidèle au sein qui le nourrit ,
Repousser en pleurant le sein qui le fit naître.
Cruelle! à l'instant même où tes vœux criminels
Des jeux de nos cités poursuivent le prestige ,
Sais-tu si ton enfant, loin des yeux maternels,
Reçoit les tendres soins que sa faiblesse exige ?
Tu t'oses reposer sur le choix que tu fis !
Comment veux-tu qu'un jour réponde à ton attente
Celle qui , sans remords , sevra son propre fils ,
Pour te vendre le lait dont le tien s'alimente ?
Ah! de l'humanité prends l'auguste flambeau;
Vois les maux que produit l'abus que je déplore.
Combien d'infortunés , moissonnés dès l'aurore,
Que le soin de leur mère eût sauvés du tombeau !
Mais c'est peu que les lois que tu viens d'interrompre
Appellent sur ton fils la mort et les douleurs :
Le lait , le même lait que réclamaient ses pleurs ,
Repompé dans ton sang va bientôt le corrompre.
Contemple avec effroi ce redoutable écueil ;
Peins-toi tous les dangers dont ta faute est suivie ;
Tremble qu'un poison lent ne consume ta vie ,
En t'offrant chaque jour l'image du cerceuil.

(25) Page 21. *Sur l'allaitement.* (Brouzet.)

« On trouve un avantage, dit Brouzet, à délivrer les
femmes de l'emploi d'allaiter leurs enfans ; on met à profit
pour la multiplication de l'espèce, tout le tems de la fécondité chez toutes les femmes de la nation. Cette faculté
chôme, pour ainsi dire, dans les nourrices, pendant les
deux tiers au moins du tems où elles seraient propres à la

génération ; (et les femmes étant aptes à concevoir, de quinze ans à quarante-cinq, ce serait leur rendre, suivant notre auteur, vingt années.) Or, cette perte, continue-t-il, est immense, et l'on peut y remédier en détruisant par un usage général, l'état et les fonctions des nourrices ; mais l'on doit attendre ce changement, de l'autorité du prince, du tems et de circonstances favorables. » (*Essai sur l'Éduc. méd. des Enfans*, t. 1, p. 164.)

(26) Page 23. *Sur un passage de l'*AVIS AUX MÈRES.

Madame le Rebours, dans son *Avis aux mères*, en se demandant pourquoi les médecins sont en général portés pour l'allaitement maternel, et les accoucheurs pour le mercenaire, inculpe ceux-ci de consulter plutôt leur intérêt que l'humanité, et de perpétuer à dessein, des coutumes propres à mettre cet allaitement en discrédit. Elle en cite même des exemples, qui ne permettent pas de douter de ce fait. Il faut avouer aussi avec elle, que la femme qui ne nourrit pas, ayant un plus grand nombre de couches, ayant des affections laiteuses, maladies qui sont une mine d'or pour quelques hommes, présente un fort levier à l'intérêt personnel. Mais s'il est dans tous les états, des êtres vils, dont le plus vil intérêt dicte les actions et les opinions, l'on ne doit pas pour cela accuser d'une manière aussi générale que l'a fait madame le Rebours, une classe d'hommes respectables. D'ailleurs l'homme est si souvent conduit à son insu, par son propre intérêt, qu'il peut se faire que quelques médecins ou accoucheurs l'aient eu pour régulateur de leurs assertions, sans que l'on puisse les accuser d'une connivence criminelle. Ainsi, en montrant l'abus des exceptions mises par certains auteurs à l'allaitement maternel, nous n'avons le dessein d'attaquer la probité de qui que ce soit. Nous imputerons tout à l'humaine faiblesse : *Errare humanum est.*

Scimus, et hanc veniam petimusque damusque, vicissim.

(27) Page 27. *Sur l'allaitement.* (MARIE DE SAINT-URSIN.)

« Une mode nouvelle s'élève, car la mode ici s'étend jusqu'aux devoirs, et même aux ministres comme aux moyens de santé, c'est d'affranchir les femmes de donner le sein à l'enfant qu'elles ne peuvent se dispenser de porter. Un philosophe, heureux novateur, joignant le charme de l'éloquence à l'ascendant du raisonnement, le sentiment à la conviction, avait dans le siècle passé, su persuader aux femmes de nourrir elles-mêmes leurs enfans, au nom de leur gloire, de leur bonheur et de leur santé. Presque toutes, entraînées par cet irrésistible orateur des droits sacrés de la nature, se firent nourrices. Quelques-unes, qui avaient plus consulté leur zèle que leurs forces, la mode que leurs ressources, ou qui, pour remplir ce saint ministère, n'avaient point renoncé aux bals, aux festins, à la nudité surtout des costumes du jour, périrent victimes de leurs imprudences, plutôt que de leur exactitude à remplir ce premier des devoirs. Soudain la cohorte des médecins galans s'est empressée d'élever la bannière de l'opposition contre l'allaitement, et les femmes s'y sont d'autant plus volontiers ralliées, qu'en renonçant à cet usage, elles étaient rendues au tourbillon du monde et des plaisirs ; mais cet oubli du plus saint des préceptes n'est pas resté long-tems impuni. Le lait, stagnant dans ses réservoirs, s'est changé en un poison mortel ; il infecte les sources même de la vie, et la mère barbare ne survit quelque tems à son enfant, qui lui tend vainement ses innocentes mains, que pour souffrir de plus longues douleurs, qu'aigrit encore le sentiment tardif du repentir. » (*Ami des Femmes*, p. 202.)

Sur l'allaitement. (DÉSESSARTS.)

M. Marie cite à l'appui de son opinion, le docteur Désessarts. Opposons avec lui, à nos galans médecins, une autorité qu'ils ne pourront récuser ; à leur éloquence verbeuse, opposons l'éloquence du sentiment ; à leur jeunesse inexpérimentée, (car ce ne sont presque que de jeunes barbes, qui dans notre siècle, vantent l'allaitement mercenaire,) opposons l'expérience acquise par l'âge et les travaux.

» Pourrais-je ne pas entendre encore, dit ce Nestor de la médecine, les regrets et les plaintes amères de cette mère imprudente qui oubliant tout, jusqu'à son enfant, qu'une perfide amie arrache de son sein, se dépouille des vêtemens qui conservaient son lait, découvre le réservoir délicat que la nature et la tendresse maternelle se plaisaient à remplir, et expose tout son corps aux injures de l'air. Alors, prise de délire et de fièvre, plus de lait pour l'enfant ; c'est à la place de cette liqueur douce, un amas d'humeurs croupissantes et corrompues, qui ne se font jour au dehors que par des douleurs inouïes et toujours croissantes. Son enfant qui lui tend les bras, semble lui reprocher le mépris de tous ses devoirs, et le sacrifice qu'elle a fait de lui à l'ambition insensée d'être placée un instant sur la liste des femmes à la mode.

(28) Page 28. *Sur l'amour paternel.*

Un chef indien, et dont la famille entière avait été massacrée, s'écriait dans sa juste douleur, et avec une vraie éloquence : *Il ne reste pas une goutte de mon sang, dans les veines d'une seule créature vivante.* (*Conservateur des Mères et des Enfans*, p. 292.)

Le célèbre Ducis, dont je m'honore également d'être l'admirateur et le neveu, a exprimé, dans son épître sur le célibat, la douce consolation d'un père.

Au banquet de la vie, admis pour quelque tems,
Il laisse sans regrets sa place à ses enfans.

Andrieux, dans sa jolie comédie du *Trésor*, fait dire à Latour :

Mes enfans, grâce au ciel, se portent tous au bien ;
C'est assez, j'ai mon lot, je ne demande rien,
Et le terme arrivé, sans regret, sans envie,
Ainsi que j'ai vécu je quitterai la vie.

Ces citations s'écartent un peu de mon sujet ; mais pourquoi de si jolis vers me viennent-ils à l'esprit ; et si j'ai du
plaisir à les répéter, pourquoi d'autres n'en auraient-ils pas
à les lire.

(29) Page 33. *Sur la cure des difformités.*

Le principe que nous venons d'exposer était échappé à la
plupart des médecins qui s'étaient occupés en différens tems,
de la cure des difformités : ce n'est que depuis un demi-
siècle, à peu près, que Tiphaine et Verdier, mon père,
qui se sont occupés particulièrement de cette partie, ont
mis ce principe en évidence, et ont obtenu des succès frap-
pans. Ils ont établi et prouvé, par le raisonnement et les
faits, que pour guérir une difformité, sans crainte de retour, il fallait en quelque sorte donner la difformité
contraire.

(30) Page 33. *Sur J.-J. Rousseau.*

Un jeune homme, des bancs de l'école régentant l'univers,
commence sa thèse de réception, par une virulente critique
de l'illustre Rousseau, et de cette phrase de son Emile : *Tout
est bien, sortant des mains de l'auteur des choses.* Tout n'est
pas bien, puisqu'il est des monstres, dit-il ; mais M. Chevalier de M.... prouve par-là qu'il n'entend pas le sens ordinaire des phrases. Rousseau savait fort bien qu'il existait des monstres, et qu'alors tout n'était pas bien ; mais
Rousseau savait avec tous les logiciens, que dans une proposition générale, *tout*, veut dire, *presque tout* ou *la plupart.* Ainsi, pour en donner un autre exemple, quand je
dis : *Tous les hommes marchent sur deux pieds* ; j'énonce
une proposition que l'on ne me contredira certainement pas,
quoiqu'il existe des hommes difformes qui ne marchent que
sur un pied, ou sur les genoux, ou ne marchent pas du
tout.

(31) Page 35. *Sur l'usage de la bouillie.*

Il paraît que ce ne fut que vers le milieu du quinzième siècle, qu'on a employé la bouillie pour les enfans en bas âge. Gui-Patin blâme hautement cet usage, et parle d'un certain Jacobus, qui vivait en 1464, et qui, écrivant contre les abus que les mères avaient introduits dans l'éducation de leurs enfans, cite l'usage de la bouillie comme récent. (*Hist. de la Vie privée des Français.*)

(32) Page 37. *Sur la traduction de quelques vers de Virgile.*

Le système de *Lucina sine concubitu*, est consacré par Virgile, dans ses *Georg.* l. 3, v. 273, où il explique ainsi la fécondation des jumens, sans l'approche du mâle.

> Ore omnes versæ in zephirum, stant rupibus altis,
> Expectantque leves auras, et sæpè sine ullis
> Conjugiis, vento gravidæ (mirabile dictu !)

Voici la traduction de ces vers, par M. l'abbé Delille.

> D'un rocher solitaire elles gagnent la cime;
> Là, leur bouche brûlante, ouverte aux doux zéphirs,
> Reçoit avidement leurs amoureux soupirs :
> O prodige inouï ! le Zéphir les féconde.

Que M. Delille me permette ici une observation, avec ce doute que doit affecter l'élève vis-à-vis du maître. Il me semble qu'il n'a point rendu la pensée de Virgile, et qu'il a même fait un contre-sens. Il personnifie le zéphir, ce qui change totalement la chose. Jupiter changé en taureau, féconde Europe; en pluie d'or, Danaé; en cygne, Léda; le zéphir peut de même féconder une cavale : mais il me semble que ce n'est pas là ce qu'à voulu dire l'auteur latin. Il y a bien, engrossées par le vent, *vento gravidæ*; mais tout le reste du passage prouve qu'il a voulu faire entendre que le vent était porteur d'une poussière fécondante, de molécules organiques, et que ce n'était pas par lui-même qu'il fécondait les jumens. M. Sue (*Essai hist. sur les Accouchemens*)

chemens,) a mieux rendu le sens, quand il a fait dire à Virgile, *par l'influence du vent.*

Sine ullis conjugiis, sans aucune copulation. Ces mots ôtent l'idée du zéphir personnifié ; car alors il y aurait eu copulation. *Expectant leves auras*, elles attendent les vents légers. Ce n'est plus ici le Zéphir, dieu du paganisme ; ce sont les vents légers, porteurs d'atômes fécondans.

(33) Page 40. *Sur les incubes et les succubes.* (VENETTE.)

Les théologiens et les jurisconsultes ont formé beaucoup de questions ridicules sur les incubes et les succubes. Venette répond en particulier et longuement à chacune d'elles ; mais dans le courant de la discussion, il fait de naïfs et bien extraordinaires aveux. *Je sais,* dit-il, *que le démon se mêle quelquefois, quoique fort rarement, parmi l'humeur mélancolique de nos maladies.* (t. 2, p. 317.)

(34) Page 41. *Sur une erreur du docteur* SACOMBE.

M. Sacombe, dans ses *Élémens d'Accouchemens*, (p. 449.) donne le change sur les suites de cette barbarie, (l'avortement forcé) en l'attribuant mal à propos aux Chinois. Il suivrait de là, qu'elle ne pourrait nuire à la population, puisqu'il est de fait qu'il n'est pas de pays où elle soit aussi grande qu'en Chine. (*V.* p. 11 de ce Discours.)

Une partie de l'île Formose était effectivement tributaire de la Chine, mais avait ses lois particulières ; l'autre était habitée par des naturels, regardés par les Chinois comme des sauvages ; (*Dict. de Vosgien.*) et cette coutume y était maintenue par des prêtresses appelées *Juibas*, qui n'existent point en Chine. Loin que le docteur Sacombe puisse produire aucun historien en faveur de son extraordinaire opinion, tous lui donneraient au contraire, de formels démentis. Ils lui diraient entr'autres : « Que les Chinois desirent avec tant d'ardeur de laisser une postérité, que lorsque la nature leur refuse des enfans, ils obligent leurs femmes de

7

feindre qu'elles sont grosses, et adoptent secrètement un nouveau-né, qu'ils élèvent comme leur enfant. » (*Sue, Essai hist. sur les Accouch.* p. 202, t. 1.)

_ Les Chinois n'ont point de lettres alphabétiques ; chaque mot est exprimé par un caractère particulier. Celui qui signifie *bonheur*, représente, en abrégé, des terres et des enfans. Ce caractère, que l'on embellit, est suspendu dans presque toutes les maisons. L'empereur se plaît à le tracer de sa main, et à en faire des présens. (*Voyage du lord Marcatney.*)

Tout cela ne s'accorde guères avec la coutume dont parle M. Sacombe.

Mais enfin, que veut-il prouver, par ce fait altéré ? que l'inoculation est un moyen de dépopulation. Voici le sens de ses paroles, et presque ses paroles mêmes.

L'inoculation nous vient des Chinois ; mais les Chinois sont des sauvages, qui ne veulent pas que leurs femmes aient des enfans avant trente-cinq ans, et qui, malgré cela, peuplent tant, que leur gouvernement est obligé d'organiser de tems en tems des émeutes, pour diminuer la population ; et qui ont, dans la même vue, inventé et maintenu la pratique de l'inoculation.

Et voilà, pour le dire en passant, un des motifs de l'exclusion d'une opération à laquelle des milliers d'enfans ont dû et doivent chaque jour la vie.

Mais à qui M. Sacombe fera-t-il accroire, que l'on soit obligé d'organiser des émeutes pour réduire la population, dans un pays où les femmes ne peuvent avoir d'enfans qu'à trente-cinq ans, et où elles doivent aussi mourir en grand nombre, par suite de ces avortemens forcés, et avant d'avoir pu fournir une postérité ? J'en appelle à M. Sacombe lui-même, qui dit, (p. 112 de ses *Élémens*,) «que l'avortement provoqué, expose la femme à des maux incalculables, tels que l'hémorragie utérine, l'inflammation, l'ulcère, le squirhe ; maladies affreuses, dont le siège est dans un viscère, centre de toutes les affections nerveuses, et qui font mourir de mille morts les femmes qui en sont atteintes. »

Rendons ici justice à M. Sacombe; ses principes sur l'avortement sont conformes à la plus saine doctrine, et l'on doit s'étonner davantage de la grossière erreur qu'il commet.

On a mis parfois en question s'il n'est pas nécessaire de provoquer l'avortement, dans quelques maladies, pour le salut de la malade. Un tel doute déshonore l'art et celui qui le conçoit. On m'a assuré pourtant que tout récemment, à Paris, ce conseil avait été donné et suivi ; mais malgré la véracité de ceux qui m'ont raconté ce fait, j'ai peine à y croire.

(35) Page 41. *Sur l'usage de l'avortement forcé.*

Sans doute, c'est à l'ignorance des lois de la nature, que ce crime dut de n'être pas réprimé par les lois anciennes. D'après Hippocrate, la formation de l'embryon n'a lieu que trente ou quarante jours après la conception. (*De la nature de l'Enfant,* art. 6.) Avant ce tems, on ne le regardait pas comme un être humain ; et le détruire ne pouvait être par conséquent regardé comme un homicide. Ceci peut expliquer en partie, la contradiction qui existe entre le serment qu'Hippocrate faisait prêter à ses élèves, de ne jamais provoquer l'avortement ; et sa conduite, quand, par ses avis, il fait avorter après huit jours de conception, une cantatrice.

(36) Page 42. *Sur plusieurs préjugés.*

Joubert dit encore que de son tems on croyait « qu'il était bon de faire bonne mesure aux garçons et non aux filles, et que la védille (le cordon ombilical,) servait à celles-ci, à leur faire des amoureux; que l'on pouvait connaître aux nœuds du cordon, combien d'enfans aurait la femme qui accouche ; que les enfans qui naissent coiffés, sont plus heureux que les autres, et que leur chemise préserve de danger ceux qui la portent; qu'il se peut faire que la nourrice, absente, connaisse à ses tétins si son enfant pleure, etc. etc. »

(37) Page 43. *Sur la dévotion aux saints, et sur la vertu de quelques médicamens.*

« L'analogie qui se trouve entre les noms de certaines maladies et les noms de certains saints, a fait que les superstitieux (et le nombre en est grand) ont attribué à ces mêmes saints, la vertu particulière de guérir ces mêmes maux. C'est ainsi qu'on s'est autrefois adressé à *saint Mathurin*, pour les fous qu'on appelait *mats* ; à *saint Mamès*, pour les maux aux mamelles ; à *saint Cloud*, pour les cloux ; à *saint Main*, pour la gale aux mains ; à *sainte Reine*, qu'on appelait jadis *Roigne*, pour la rogne ; à *saint Genou*, pour la goutte aux genoux ; à *saint Aignan*, pour la teigne ; à *sainte Claire*, pour les maux d'yeux ; à *saint Agrippa*, pour les grippes, etc. »

« Les marchands brossiers prennent sainte Barbe pour patrone, à cause de l'analogie qu'il y a entre le nom de cette sainte, et leurs brosses, qui sont barbues. » (*L'improvisateur, aux mots* analogie *et* brosse.)

« Le ciel, dit un auteur sensé, est aux yeux du vulgaire, comme un grand atelier, où l'on trouve des artisans de toute espèce ; mais où chacun ne peut être mis en œuvre que dans le genre de profession qui lui est propre. »

On a peine à se persuader jusqu'où va là-dessus la folie de certains hommes.

« J'ai vu en France, dit le premier traducteur de Buchan, (*Méd. dom.* t. 1, p. 77.) des mères et des nourrices, se rendre en foule avec leurs enfans, par un tems presque toujours mauvais, parce que c'est dans une mauvaise saison, à un certain monticule, éloigné de tout abri, mais révéré, et rester là, jamais moins de trois heures, quelque tems qu'il fît, pour obtenir la guérison de certaines maladies, sans s'apercevoir qu'elles s'exposaient, elles et leurs enfans, à en gagner mille autres. »

C'est par suite d'une analogie non moins ridicule, et à peu près pareille à celles dont nous venons de parler, que l'on a attribué à certaines substances, des vertus particulières et chimériques.

C'est ainsi que le crâne humain, et le cerveau de plusieurs animaux, ont été recommandés dans les douleurs de tête et dans l'épilepsie; que les poumons séchés et pulvérisés, l'ont été dans les affections de poitrine; les membranes de l'estomac, dans les débilités de viscères; que le priape et les testicules ont été regardés comme propres à exciter la sécrétion de la semence; l'os du cœur du cerf, *os de corde cervi*, comme cordial; que les dents, portées au cou, ont été supposées pouvoir empêcher les douleurs de dents; que la graisse du loir, animal dormeur, a paru propre à procurer le sommeil; les intestins de quelques animaux, bons dans les coliques; la torpille, qui engourdit ceux qui la touchent, propre à engourdir les douleurs; que le sang a paru un remède pour résoudre le sang extravasé; enfin, que l'or et les pierres précieuses ont été regardés comme un préservatif à toutes les maladies, et une panacée universelle.

Et si l'on me demande le mal que peuvent faire ces préjugés et ces très-innocentes sottises, je dirai que le plus grand est de laisser les malades, et ceux qui l'entourent, dans une dangereuse sécurité; de donner par-là au mal, le tems de devenir grave, de manière qu'il est trop tard après pour y apporter les vrais remèdes.

(38) Page 43. *Sur l'usage appelé* COUVADE.

Diodore de Sicile rapporte cet usage des anciens habitans de l'île de Corse; Strabon, des femmes espagnoles de son tems, et des Celtibériens; Pison, des Brésiliens; d'autres assurent qu'il existe encore au Japon, et dans quelques parties de l'Amérique, chez les Caraïbes, etc. Le Dictionnaire de Trévoux, au mot *accoucher*, prétend que jadis, dans le Béarn, (maintenant département des Basses-Pyrénées,) lorsque les femmes accouchaient, les maris se mettaient au lit et les envoyaient à la chasse.

(39) Page 49. *Sur quelques préjugés.*

On lit dans les éphémérides d'Allemagne, *recueil inté-ressant*, dit un bonacc auteur, *d'observations de médecine des plus savans médecins*, « que pour arrêter une perte, il faut appliquer sur le pubis, des crottes de cochon, chaudes ; que pour ranimer un enfant nouvellement né, il faut sucer sa mamelle gauche ; que pour la suppression des règles, il faut mettre la chemise d'une personne qui les a actuellement ; que pour les tranchées d'un enfant, il faut assujétir un goujon sur son nombril ; que pour faire évader le lait, il faut emplir un tuyau de plume, de vif – argent, le sceller de cire d'Espagne, et le porter suspendu entre les mamelles, jusqu'à ce que le lait soit dissipé. » De cette manière, ce remède n'a jamais dû manquer son effet. (Voyez *Manuel des Dames de Charité*, p. 300 et suiv.)

Un médecin du Mans vient de perfectionner cette dernière et excellente méthode. (Voyez *Journal de Médecine populaire*, par MM. Verdier, père et fils.) Ce n'est pas du mercure qu'il fait usage, mais du safran suspendu dans un nouet, et au milieu duquel on met l'anneau nuptial. Mais alors malheur aux filles-mères !

Lemery, docteur-médecin estimé, présente, dans sa *Pharmacopée*, les punaises avalées vivantes, comme un remède propre à hâter l'expulsion de l'arrière-faix ; cet arrière-faix, séché et mis en poudre, comme ayant la même vertu, ainsi que celle d'appaiser les tranchées ; et il nous dit même que l'on doit choisir l'arrière – faix beau et entier, et préférablement celui d'un garçon.

(40) Page 50. *Sur quelques erreurs d'Hippocrate, ou qui lui sont attribuées.*

La principale et la plus meurtrière est, sans contredit, celle qui a fait regarder l'accouchement par les pieds comme un accouchement contre nature. Hippocrate recommande, en ajoutant le pronostic le plus fâcheux, de repousser ces

parties quand elles se présentent, pour aller chercher la tête.
Grave est , inquit , (l. 1, de morb. mul. *art.* 4.) *si in pedes
processerit; et sœpè aut matres pereunt, aut pueri, vel ambo.*
Cette monstrueuse erreur, combattue entr'autres par Celse
et Paul d'Ægine, n'a cessé d'être une erreur générale que depuis Mauriceau. Il ne reste plus de doute à cet égard que dans
la tête de quelques vieilles sages – femmes, qui s'obstinent à
conserver les *us et coutumes* de leurs pères.

La viabilité du fœtus à sept mois , sa non–viabilité-à huit,
soutenue aussi par Hippocrate , (*des Chairs ou du commencement de l'homme ,* art. 33.) en vain combattue par Aristote, et depuis par nombre d'auteurs, a encore de la force aujourd'hui dans beaucoup de têtes. Saucerotte assure (*Examen
des préjugés sur les Femmes ,* etc., p. 56,) avoir vu plusieurs
fois abandonner des enfans nés à huit mois , et négliger de
leur présenter le sein, dans la persuasion où l'on était qu'ils
ne pouvaient vivre, et assurer ainsi leur mort.

Certes , les livres *de la Nature de l'Enfant , des Chairs
ou du commencement de l'Homme , de la Femme et de ses
Maladies,* ou ne sont point du même auteur que les impéris-
sables ouvrages *des Aphorismes , des Epidémies , des Pro-
nostics , de l'Air, des Eaux et des Lieux,* etc., ou ils ont été
horriblement mutilés. Je ne suis pas le seul , d'ailleurs , qui
les attribue à des hommes postérieurs à Hippocrate. La quantité de formules diverses et insignifiantes , dont est surchargé
le *Traité des Maladies des Femmes ,* le ferait prendre pour
l'ouvrage d'un Albert, si l'on n'y trouvait amalgamé , avec
des principes féconds, de brillantes hypothèses, et si l'on n'y
reconnaissait le cachet du génie.

(41) Page 52. *Sur l'indifférence des médecins pour les maladies des enfans, et sur M. Darembure, apothicaire, etc.*

FAITS PARTICULIERS.

L'indifférence de quelques médecins pour les maladies des
enfans, va quelquefois jusqu'à la barbarie. Je suis , depuis près

d'un an , le médecin d'une dame qui ayant eu un jeune enfant malade , pendant six mois avant de me connaître , m'a assuré avoir fait inutilement tous ses efforts pour engager plusieurs hommes de l'art à lui donner des soins. Un entr'autres , après avoir ordonné un vésicatoire, et promis qu'il reviendrait le soir même pour l'appliquer , se refusa à toute autre visite , et répondit aux instances qu'on lui fit , de la part de la mère , que sa fille n'en pouvait revenir ; qu'il n'y avait rien d'ailleurs à faire aux enfans ; que beaucoup mouraient et devaient mourir , et que cela méritait peu d'attention.

D'après cela , n'est - ce pas un peu la faute des médecins, si la médecine infantile est abandonnée à l'empyrisme ?

La dame dont je viens de parler fut obligée de recourir à des conseils vulgaires , et à un apothicaire. M. D......bure, qui s'est acquis , dans le traitement des enfans , une réputation aussi ridicule que colossale , se chargea de cette malheureuse abandonnée, et répondit de sa vie. A la première visite , il lui donna des potions, des poudres, etc. , à prendre dans l'espace de deux jours, *pour la somme de douze livres.* Il continua d'entretenir la malheureuse mère dans une perfide sécurité , et , ce qui est l'essentiel , de vendre ses médicamens. (Il en vendit pour 3oo francs en cinq mois de tems ou environ.) Cependant l'enfant mourut , sans avoir éprouvé le moindre soulagement. Qui peut dire qu'il ne fut pas la victime de l'insouciance des uns , du charlatanisme déhonté des autres?

M. D......bure peut obtenir le diplôme d'officier de santé ; car il est prouvé, par la notoriété publique , et aussi par plusieurs faits venus à ma connaissance , et que j'ai eu le soin de faire consigner aux registres *mortuaires* de la municipalité du troisième arrondissement , qu'il exerce , depuis bien des années , *un prétendu art de guérir.* Interrogez-le sur ce qu'il sait , il répondra comme Argan :

> Clysterium donare ,
> Postea seignare ,
> Ensuita purgare.

Mais si maladia
Non vult se garire ?

Reseignare, repurgare et reclysterisare.

Vivat, vivat......, cent fois vivat,
Novus doctor, qui tam bene parlat !
Mille, mille annis et manget et bibat ,
    Et seignet et TUAT!

(Divertissement du *Malade imaginaire.*)

Voici un fait à peu près pareil, dont j'ai été témoin il n'y *Darambure*
a pas très-long-tems. Qu'il serve de leçon à M. D......bure,
et à ses pareils, et qu'il éclaire le peuple. M. ****, apothicaire, rue Montmartre, fut appelé rue du Croissant, (en
vendémiaire an 10,) auprès d'une jeune fille qui avait une
esquinancie. Après cinq jours de traitement, les parens s'in-
quiètent ; mais l'Esculape pharmacien assure qu'il a guéri
cent malades de cette espèce, et répond de la vie de celui-
ci. Son assurance augmente cette fois les craintes. On fait
venir un médecin, dout le premier mot est qu'il n'y a plus à
compter sur l'enfant, et qui cependant ne l'abandonne pas :
mais après quelques heures, la victime malheureuse de l'imbécillité de ses tuteurs, de l'ignorance crasse du guérisseur,
et de l'inexécution des lois salutaires qui règlent l'exercice de
la médecine, périt. Ce fait est aussi consigné à la même municipalité du troisième arrondissement.

Cette note était à peine finie, que j'ai été appelé rue Pois-
sonnière, pour y constater le décès d'un enfant mort des suites
d'une brûlure qui paraissait peu dangereuse dans le principe.
Même conduite que ci-dessus de la part d'un chirurgien voi-
sin, M. Br....., qui s'est refusé à voir l'enfant, en disant que les
parens pouvaient bien eux-mêmes traiter une brûlure, et que
cela ne méritait pas son attention. Traitement de M. D....bure,
qui, après avoir, pendant plusieurs jours, vendu, et fait
prendre à l'enfant une grande quantité de drogues, a fini par
l'abandonner quand il l'a vu très - mal, et a conseillé alors

Les apotheaire depuis quelques année se sont
emparés de le médecin ... Sofrau tel dant
M. Charel rue de bon ... M. Cadet
Gassicourt le pere avait une grande réputation,

d'appeler un chirurgien, entre les mains duquel l'enfant est bientôt mort.

C'est aussi cette indifférence des médecins qui donne aux femmes cette ridicule influence dans le traitement des mêmes maladies.

Qui le croirait, que les femmes, qui, par leur éducation, sont la partie de la nation la moins instruite, sont pourtant les plus empressées à donner aux autres femmes, soit qu'elles soient enceintes ou accouchées, soit qu'elles tremblent pour les jours d'un enfant chéri, des conseils, la plupart du tems, aussi dangereux que pressans !

Femmes, sexe enchanteur, pardonnez si j'ose médire de quelques-unes de vous. La nature fit votre lot : sans avoir été instruites à plaire, vous savez plaire ; sans vous en être fait un art, vous savez mieux que nous consoler le malheureux. Bornez là vos droits : votre intérêt le commande. L'art de guérir est le fruit de longues études, et non le résultat de vulgaires observations.

Mais que dirai-je de ces femmes qui, coiffant le bonnet doctoral, s'affichent comme jugeant les urines, comme traitant telle et telle maladie, comme distribuant tel remède spécifique ?

J'ai, dans ma maison, une femme connue pour les bons lavemens. On vient de loin pour s'en faire administrer par elle ; et, comme de raison, ces lavemens sont bons à mille maux. Il est des femmes renommées pour la cure des difformités, pour celle des ulcères, pour celle des laits répandus et des autres affections laiteuses, pour la réduction des fractures, etc. etc.

Honte à ces femmes assez peu délicates pour entreprendre l'exercice d'un art et d'une science dont elles n'ont pas les premières notions ! honte aux personnes assez ineptes pour leur confier leur santé et leur vie, et celles de leurs enfans ! honte.....

Il est une chose qui fait frémir, quand on songe à ses terribles

suites, c'est que le nombre des charlatans, tant en hommes
qu'en femmes, qui exercent la médecine à Paris, l'emporte
de plus du double sur les médecins ou chirurgiens avoués par
les lois. Et l'on se plaint du grand nombre de ceux qui succom-
bent à leurs maux! Quand nous sommes appelés, des conseils
indiscrets ont déjà porté des coups mortels; et pour peu que la
maladie traîne en longueur, on a recours à des charlatans qui,
pour quelques malades guéris entre leurs mains, et nonobstant
leurs mauvais traitemens, font des millions de victimes.

Disons le mot; l'exercice de la médecine est, à Paris, un
vrai brigandage. Gouvernement réparateur, c'est à toi que
je m'adresse : malgré la loi sur l'exercice de l'art de guérir,
cet art reste entre des mains abjectes. Chaque corps veillait,
jadis, à ce que personne ne se permît d'exercer un état auquel il n'avait aucun droit. Il faisait plus : il veillait à la
conduite de ses membres; et le médecin, ou le chirurgien, ou
l'accoucheur gradué, qui se déshonorait par quelques viles
actions, était, par ses confrères, rayé du catalogue. Si une
nouvelle organisation demande d'autres lois, eh bien, qu'il
soit créé une autorité; ou qu'une autorité déjà créée, mais in-
téressée à la chose, soit chargée de poursuivre les délinquans.

(42) Page 52. *Sur l'éducation physique.* (DUCLOS, FÉNÉLON,
ROUSSEAU et VERDIER père.)

Duclos, dans ses *Considérations sur les Mœurs*, prétend
« qu'on trouve parmi nous beaucoup d'instruction et peu
d'éducation; que chaque partie des lettres, des sciences, des
arts, est cultivée avec succès, mais qu'on ne s'est pas encore
avisé de former des hommes. » Fénélon s'en plaint aussi dans
son *Éducation des Filles.*

« Mon sujet était tout neuf après le livre de Locke, dit
Rousseau, (cette critique est sévère) et je crains fort qu'il
ne le soit encore après moi. » (Préface de l'*Émile.*)

Si nous disons, avec ces auteurs, qu'à l'époque où ils par-
laient, l'art de l'éducation n'existait pas, nous ne voulons pas

dire qu'il n'eût jamais existé. La barbarie du moyen âge l'avait presque fait disparaître ; mais si nous remontons dans la savante antiquité, nous le voyons cultivé avec un succès vraiment étonnant. Avant les tems historiques, Chiron fut un instituteur célèbre : Minos en Crète, Lycurgue à Sparte, Solon à Athènes, établirent des plans d'éducation, qui, dans quelques points, peuvent encore nous servir de modèles. Sous leur heureuse tutelle, les hommes passèrent de l'état le plus barbare à l'état policé ; et l'art, aidé de la nature, opéra des prodiges. Les jeux olympiques, qui favorisèrent tant la perfectibilité physique, sont une preuve de l'importance que l'on attachait alors à l'art de former des hommes : Herodicus, Platon, Socrate, Aristote, Plutarque, nous ont donné, sur cette matière, des préceptes dont on fait trop peu de cas. L'art de l'éducation fut aussi cultivé, avec fruit, chez les Romains ; et s'il ne s'éleva pas à un plus haut degré de gloire, il dégénéra peu de ce qu'il fut en Grèce.

Nota. Si l'on veut là-dessus de plus grands détails, il faut lire un *Précis historique sur l'origine et les progrès de l'Art de l'Éducation chez les anciens peuples*, dans le premier recueil des *Mémoires et Observations sur la perfectibilité de l'homme*, par M. Verdier, mon père ; ouvrage dans lequel j'ai puisé la plus grande partie de ce qu'on lit dans cette note.

(43) Page 52. *Sur l'allaitement.* (J.-J. Rousseau, Buffon, Ballexserd et Montaigne.)

« Quand J.-J. Rousseau a commandé aux mères d'allaiter leurs enfans, il s'est fait obéir. M. de Buffon leur en avait déjà donné le conseil, et il s'était fait écouter. M. Ballexserd, citoyen de Genève, avait déjà prouvé les bons effets de cet usage, prévu toutes les objections, fourni toutes les réponses ; et Montaigne, avant lui, avait fait tout cela. Honneur à Montaigne, à M. Ballexserd, à Buffon ; gloire à Jean-Jacques ! »

(*Esprit des Journaux*, 1788.)

(44) Page 55. *Sur la traduction du* Conservateur des Mères et des Enfans, *de Buchan.*

On trouve, dans cette traduction, des anglicismes qui ne sont point heureux, et une infinité de phrases qui ne sont pas même françaises. Le mot *confinement* y est répété jusqu'à satiété (mot en entier anglais) : c'est ainsi que le traducteur fait dire à Buchan, « que l'humanité devrait nous empêcher de donner la plus cruelle torture à un nouveau-né.... en mettant son corps en presse dans l'instant où il vient de sortir d'un premier confinement. » Est-il français aussi de dire, et même intelligible, *l'ouverture ou l'endentement des os du crâne ?*

(45) Page 56. *Sur le* Conservateur des Mères et des Enfans, *de Buchan.*

Le premier chapitre, en douze pages seulement, contient des *conseils aux femmes avant le mariage :* mais ces conseils, si l'on en excepte quelques lignes, ont peu de rapport avec les fonctions auxquelles le sexe est spécialement destiné, et qui sont de l'objet de cet ouvrage; la procréation des enfans.

Le second chapitre donne des *règles de conduite pendant la grossesse :* mais il n'y est seulement pas parlé des circonstances qui nécessitent ou contr'indiquent la saignée, les bains, les purgatifs; pas un mot des indispositions qui accompagnent souvent cet état, et de leur cure ; rien des fausses-couches, etc.

Le troisième chapitre renferme quelques remarques sur l'accouchement, presque rien sur le régime de couche.

Le chapitre quatrième renferme de très-superficielles idées sur l'allaitement maternel ; rien sur l'allaitement étranger, soit artificiel, soit mercenaire ; rien sur les obstacles que présente le premier, sur les vices du second ; rien sur l'état de mort apparent des nouveaux-nés, sur la section ombilicale et celle du filet; presque rien sur le sevrage et la dentition.

Buchan a traité de tous ces objets en détail dans sa *Médecine domestique.* (5 vol. in-8°.) Son dernier ouvrage ; supp'ément à ce premier , n'est donc complet qu'avec les cinq volumes , qui contiennent trop d'autres connaissances étrangères aux femmes , pour qu'elles puissent les acquérir et s'en servir.

(46) Page 57. *Sur la simplicité des remèdes.*

Hippocrate , avec de l'hydromel , de l'oxicrat , de l'oximel , le vin , et surtout le vin doux , de la tisanne d'orge plus ou moins consistante , des lavemens , des fomentations chaudes , des bains de vapeurs , quelques purgatifs , la saignée , guérissait les maladies les plus aiguës. (*Traité du régime dans les Maladies aiguës.*) *Medicina paucarum herbarum scientia* , dit Celse d'après lui. Boërhaave ne demandait que de l'eau , du vinaigre , du vin , de l'orge , du nitre , du miel , de la rhubarbe , de l'opium , du feu et une lancette ; quelques sels , le savon , le mercure et le mars. (*Médecine domestique* de Buchan , t. 1 , p. 160.) Sydenham , dit M. Leclerc , faisait vingt visites et une seule ordonnance : Sydenham guérissait ; et il disait que « la nature n'avait besoin que d'être aidée d'un petit nombre de remèdes très-simples , et quelquefois n'en avait besoin d'aucun. (*Médecine pratique* de Sydenham , préf. p. xxvj.) On a tourné en ridicule cette simplicité de remèdes , dans le *Publiciste* du 21 floréal an 12 : mais la plaisanterie ne peut tomber que sur l'abus de la chose , c'est-à-dire , sur l'emploi de remèdes insignifians pendant un tems illimité ; et elle prouve au surplus que l'on peut tourner en ridicule les meilleurs principes , et le faire avec un certain avantage. Certes , s'il en est de vrais et de salutaires en médecine , ce sont ceux contenus dans la lettre de M. Tronchin , et ridiculisés par M. Saint-Aubin ; et qui présentent , comme unique secret contre la goutte , la paix de l'âme , la tempérance , l'exercice et la chasteté.

(47) Page 64. *Sur l'application des remèdes.*

Combien , par exemple , l'application des remèdes n'est-elle pas difficile , quand le même remède convient à des maladies qui diffèrent essentiellement , comme des remèdes différens conviennent dans la même maladie ; parce que l'effet des remèdes n'est jamais absolu , mais toujours relatif à l'état du corps , ainsi qu'à la cause qui a produit la maladie. Si deux maladies contraires reconnaissent la même cause , elles demandent le même remède ; si deux maladies , qui sont les mêmes , reconnaissent des causes différentes , elles demandent des moyens de guérison différens. Ainsi , dans telle paralysie, dans telle apoplexie, telle fluxion de poitrine, tel crachement ou vomissement de sang , la saignée sauvera à coup sûr le malade , ou au moins sera parfaitement indiquée ; tandis que dans les mêmes maladies , dans d'autres circonstances , elle sera un remède contraire ou mortel. Supposons une perte utérine ; n'est-il pas vrai que s'il y a surabondance du sang , et cours accéléré de cette humeur , rien ne pourra mieux arrêter la perte que la saignée ? si, au contraire, cette perte est occasionnée par l'atonie de la matrice, n'est-il pas vrai que la saignée augmenterait la faiblesse, et que les toniques sont les seuls remèdes convenables ? Les échauffans sont des sudorifiques , dans l'état ordinaire du corps ; les rafraîchissans font naître la sueur , alors qu'il y a érétisme ou tension , et en la détruisant. Il n'est donc point de spécifique : il n'est point de traitemens fixes de maladies ; ils diffèrent autant qu'il y a d'individus qui y sont soumis. Ils sont donc bien sots, ceux qui, sans aucune connaissance de l'art de guérir, accusent un médecin d'avoir tué le malade, ou lui font honneur de sa cure, suivant qu'il a évité ou non, telle ou telle opération (comme la saignée,) et tel ou tel remède, au gré de l'idée qu'ils se sont formés du traitement acçoutumé de la maladie. Ce n'est point même sur le nom de cette maladie qu'un médecin peut juger des fautes commises dans le traitement, mais bien sur la connaissance des symptômes ou des accidens qui l'ont accompagné, et sur celle des causes qui l'ont produite. Ils sont donc aussi bien ignorans ces hommes de l'art, qui, faisant abstraction des circonstances aggravantes ou atténuantes, attachent une prédilection ou une réprobation à un remède quelconque, dans telle ou telle maladie.

Ces idées ne sont pas neuves, mais elles ne peuvent être trop répétées.

(48) Page 64. *Sur les guérisons de maladies dues au hasard.*

N'arrive-t-il pas chaque jour qu'un homme revient de la maladie à la santé, des portes du tombeau à la vie, et réciproquement, après l'administration d'un remède, auquel on attribue sa guérison ou sa mort, et qui souvent aurait eu un effet opposé, si la nature n'eût été la plus forte ? N'est-il pas risible, après cela, de voir des hommes, fonder le traitement universel d'une maladie, sur le traitement, quelquefois plus heureux que sage, d'un individu qui en était attaqué, et qui ne doit sa guérison qu'à un hasard heureux ? (Nos ouvrages, nos journaux, présentent chaque jour des exemples de ce fait.)

Ces heureux coups du sort expliquent la vogue des mille et un spécifiques, souvent perfides, prônés pour la guérison de mille maladies.

Et qu'on ne croie pas que je n'ajoute aucun sens au mot hasard. J'appelle hasard, ce résultat des lois de la nature, qui ne peut être ni calculé ni prévu.

Ainsi, quand le bronze meurtrier, au milieu de cent personnes assemblées, vient frapper ma tête seule, ou frappant de mort toutes les autres, épargne la mienne, ce coup est appelé *du hasard*; mais est réellement le résultat des lois de la nature sur la pesanteur, la densité de l'air, la force de projection, etc.

Qu'un malade, abandonné des médecins, ou refusant leurs secours, retrouve tout à coup la santé, on dira qu'il la doit au hasard ; mais elle sera réellement le résultat des lois de la nature sur son organisation, que nous n'aurons pu

ni

ni prévoir ni calculer. Il me semble que le mot hasard, peut seul, dans notre langue, exprimer l'idée que j'y attache, et que l'on y attache sans se le dire.

(49) Page 73. *Sur la nécessité de donner aux hommes des préceptes de médecine.*

On a long-tems disputé et l'on dispute encore, pour savoir s'il est avantageux ou nuisible de donner à tous les hommes quelque teinture de médecine. Cette question ne devrait point être douteuse. D'abord, tous les hommes ont besoin de la médecine conservatrice et préservatrice, puisque chacun est obligé de l'exercer pour soi et les siens. Périrait-il, par exemple, autant de malheureux ouvriers, s'ils connaissaient les moyens propres à se garantir des émanations des substances nuisibles sur lesquelles ils travaillent ? Il me paraît aussi hors de doute, que tous les hommes auraient besoin de connaître les principes fondamentaux de la médecine curative; et cette acquisition est même l'unique moyen de les mettre à l'abri des séductions du sot empyrisme, du criminel charlatanisme, ces *pestes* du genre humain, qui victiment peut-être autant de monde que cette épouvantable maladie. Molière était certainement convaincu de cette vérité, quand il offre à la risée publique, dans son *Médecin malgré lui*, un Géronte, jouet du plus hardi charlatan, parce qu'il n'a pas les premières connaissances anatomiques, que personne ne devrait ignorer, et qu'il ne sait pas, entr'autres, que le foie est à droite...., et croit bonnement que les médecins peuvent à leur gré changer l'organisation humaine. La pièce de *Sganarelle*, celle du *Malade imaginaire*, sont peut-être les plus fortes réfutations que l'on puisse faire du préjugé qui éloigne tous les hommes des connaissances médicales : combien les médecins eux-mêmes ne retireraient-ils pas de fruit de leur dissémination ! D'abord, les malades rendraient un compte plus exact de leur état, et l'application des remèdes en serait plus sûre : le médecin rencontrerait moins

8

d'obstacles à l'exécution de ses ordonnances les plus salutaires. Le talent mieux prisé, mieux connu, ne se trouve-
rait plus accolé avec l'ignorance ou la friponnerie : le geai
ne pourrait plus impunément se parer des plumes du paon :
l'homme de l'art estimable, courrait moins de risque d'être
la victime d'accusations insensées. J'ai entendu accuser un
accoucheur, que je ne nommerai pas, d'avoir fait périr une
femme, parce que, disait-on, il en avait arraché le cœur avec
l'enfant ; et j'ai vu cette absurde imputation, que la moindre
connaissance anatomique eût fait rejeter, se répéter de
bouche en bouche, et ternir une réputation justement méritée.

> A tout condamner, la foule accoutumée
> Sur le crime apparent flétrit la renommée.

Beaucoup ont pensé comme moi, sur la nécessité de ré-
pandre quelques connaissances médicinales, et ont essayé de
le faire, mais toujours inutilement. Il en est plusieurs
causes. La première et la principale, c'est que l'on n'a pas
su le point où il fallait s'arrêter ; et de là est né la confusion.

Tissot a fait l'*Avis au peuple sur sa santé* ; le célèbre
Buchan, la *Médecine domestique* : mais ils ont l'un et
l'autre dépassé le but ; et ils ont dû faire d'autant plus de
mal, qu'ils ont été plus répandus, et que chacun s'est cru en
état, avec leur secours, de traiter toutes les maladies. La médecine, vraiment domestique, ne devrait presque consister
que dans l'exposition pure et simple des principes fondamentaux de l'art de guérir, et irrévocablement s'arrêter à l'application de ces principes, qui doit être exclusivement réservée
au médecin, à l'exception pourtant de l'emploi des moyens
diététiques et des secours urgens.

Ainsi, je ne veux pas qu'on apprenne au peuple, que
dans telle maladie inflammatoire il faut saigner ; car il
peut faire de cette règle le plus mauvais usage, puisqu'il est
vrai qu'elle souffre chaque jour des exceptions, et que son
application demande souvent la plus grande sagacité, le jugement le plus exercé, et de profondes connaissances ; mais

je voudrais lui apprendre que dans toutes les maladies, même dans celles où la saignée est ordinairement un mal, cette opération peut être utile, à raison de circonstances particulières, et qu'il doit s'en rapporter entièrement là-dessus, à l'homme instruit qui l'ordonne : je voudrais lui apprendre que le médecin qui ordonnerait ou refuserait l'emploi de ce moyen, par cela seul que l'usage l'interdit ou l'autorise, est peu digne de confiance.

Je ne prétends pas apprendre à la mère, le degré de chaleur qu'il faut communiquer à son enfant, dans telle ou telle maladie : mais je prétends lui apprendre qu'il n'en est aucune où il ne doive respirer l'air le plus pur ; qu'il n'en est aucune où l'on ne doive, par conséquent, renouveler chaque jour, et dans quelque saison que ce soit, l'air de sa chambre ; que le médecin qui tiendrait une conduite contraire, ne doit point être écouté, et que la mère, si la vie de son enfant lui est chère, doit mettre une opposition constante à ses ordres meurtriers.

Je fus appelé en l'an 9, dans les premiers jours de germinal, et par un tems très-doux, chez M. C..., rue St. Louis, près le pont St. Michel, pour voir un enfant qui avait la petite-vérole. L'officier de santé qui le traitait, avait ordonné des boissons sudorifiques ; il avait défendu sévèrement les lavemens, quoique l'enfant n'eût pas été à la selle depuis plusieurs jours ; il avait défendu d'ouvrir les fenêtres de l'appartement, qui était très-petit, et dans lequel il y avait un grand feu. Le lit de l'enfant était entouré d'après ses ordres, d'épais rideaux, et garni de plusieurs couvertures épaisses. L'enfant avait, comme cela devait être, la fièvre inflammatoire la plus intense, et déjà des points gangréneux se montraient entre les boutons : j'en prédis la mort, qui ne tarda pas d'arriver.

Cet enfant n'eût sans doute pas péri, si le père ou la mère eussent été imbus du principe que je viens d'exposer. Le frère prit la petite-vérole immédiatement après son frère ;

et traité méthodiquement, il n'a éprouvé aucun accident grave, et a joui depuis d'une bonne santé.

On ne se douterait pas de la réponse que fit le chirurgien, M. B.... aux reproches que lui adressa le père : la voici ; elle est curieuse. « Il y a deux méthodes, dit-il, de traiter la petite-vérole, la méthode échauffante et la méthode rafraîchissante : mais le peuple est dans le préjugé, qu'il ne faut pas employer la seconde ; et si un enfant, auprès duquel nous l'aurions employée, venait à mourir, on nous accuserait de sa mort. » (Et moi je dis qu'il n'y en a qu'une méthode, celle qui est appropriée à l'espèce de petite-vérole, à l'âge, à la saison, etc.)

Mais l'acquit des connaissances médicales ne rendra-t-il pas l'homme présomptueux ? ne voudra-t-il pas en user pour la cure des maladies ? n'en mésusera-t-il pas ? Je réponds à cela, qu'il est de fait que ce sont les personnes les plus ignorantes qui se mêlent le plus de donner des conseils, et souvent d'agir ; et qu'en acquérant les vrais principes, on acquiert cette juste méfiance de soi-même, partage de l'homme instruit et de bon sens.

(Supplément à la note 35.)

Je ne m'attendais pas de voir se confirmer le doute exprimé dans la note 35, par une autorité irrécusable, et qui avait échappé à mes recherches, mais qui, depuis l'impression de cet ouvrage, est tombée sous ma main. *Si l'on a des enfans au-delà du nombre déterminé, il faudra faire avorter les femmes*, dit Aristote, (in polit.) *avant que le fœtus soit vivant.*

FIN.

ESSAI APHORISTIQUE

SUR

L'ALLAITEMENT,

Par Jean-François VERDIER-HEURTIN.

Extrà naturam error undique et damnum.

A MA MÈRE

ET

A MON ÉPOUSE.

Comme un gage de mon amour et de mon éternelle reconnaissance : à la première, parce qu'elle m'a nourri de son lait ; à la seconde, parce qu'elle nourrit du sien mes enfants.

.

J. F. VERDIER-HEURTIN.

Nota. On a vu, dans le *Discours sur l'Allaitement et l'Education physique des enfants* (§ 5), que je m'étais proposé de donner un Essai aphoristique sur tous les objets que comporte le titre de ce discours. Ce travail est fini : mais la difficulté de n'omettre rien de ce qu'il faut dire, et de ne rien dire de superflu dans un style aussi serré que le style aphoristique, a dû, malgré tous mes soins, rendre mon travail incorrect : les observations qui m'ont été faites dessus, et le désir de le rendre plus digne d'être offert au public, m'ont engagé de le revoir et d'en remettre la publication avec celle de l'ouvrage entier. Je ne fais paraître ici que *l'Essai sur l'Allaitement*, présenté à l'Ecole de Médecine le 9 fructidor an XII; Essai, je ne me le dissimule pas, encore bien imparfait.

ESSAI

SUR

L'ALLAITEMENT.

1. On ne peut douter que les hommes, considérés sous le rapport physique, ne soient déchus de ce qu'ils étaient au commencement des siècles connus. Il est plusieurs causes de cette dégénérescence; je n'en citerai qu'une ici : l'allaitement étranger.

2. L'histoire des différents peuples prouve que la plus grande force de corps, une population croissante, furent leur partage, tant que, chez eux, l'allaitement maternel se maintint en honneur; et qu'au contraire la faiblesse de constitution et la dépopulation furent la suite de l'allaitement mercenaire. L'allaitement maternel favorise aussi la pureté des mœurs; l'allaitement mercenaire en favorise la dépravation.

3. Pour juger sainement des avantages de l'allaitement maternel, a milieu des différents systêmes qui en ont successivement réglé la pratique, il faut se reporter à la nature.

Extra naturam error undique et damnum.

Nous avons, pour compléter notre expérience,

des moyens de comparaison, dans les animaux du genre des mammifères, dont l'organisation est régie par les mêmes lois physiques que la nôtre; mais il est des différences qu'il faut savoir saisir, car nous ne pouvons nous assimiler entièrement à eux.

SECTION I.

Nécessité de l'allaitement maternel pour l'enfant.

4. Dès le moment de la conception, l'embryon participe des formes, du tempérament et des vices de ses père et mère. Plus tard, en recevant les sucs nourriciers de la mère, il s'imprègne des qualités bonnes ou mauvaises de ses humeurs, mais sa forme primitive n'en est point communément changée.

5. Le placenta est un des organes du fœtus; c'est par lui que le fœtus reçoit sa nourriture; mais néanmoins il n'a point de communication directe avec la matrice, il n'existe point d'anastomoses entre les vaisseaux de l'un et de l'autre : implanté dans l'utérus, le placenta pompe par ses radicules, et sépare du sang de la mère, à l'instar des mamelles, pour le transmettre à l'enfant, un suc blanc et qui paraît laiteux.

6. Le lait séparé du sang par les mamelles, et ce suc laiteux, portent la même empreinte des humeurs de la mère; et il existe entre ces

deux laits et les organes de l'enfant, la même analogie.

7° L'humeur nourricière fournie par le placenta paraît d'autant plus consistante, que le fœtus est plus fort : il en est de même du lait fourni par les mamelles, dont la densité est d'autant plus grande, que l'époque du part est plus éloignée. De manière que l'enfant, depuis la conception jusqu'au sevrage, reçoit chaque jour une nourriture qui est en raison de la perfectibilité croissante de ses organes.

8. De ces principes, il suit premièrement, que la constitution de la mère et celle de l'enfant étant analogues, un allaitement étranger qui tend à changer subitement celle de ce dernier, est un mal : secondement, que l'humeur nourricière extraite par le placenta, et celle fournie par les mamelles, étant absolument homogènes, et l'une et l'autre en un parfait rapport avec les organes de l'enfant, il ne peut être privé de celle-ci sans en souffrir : troisièmement enfin, que l'enfant devant recevoir, et recevant une nourriture proportionelle, l'allaitement étranger qui détruit cette proportion, est encore un mal sous cet aspect.

9. Le premier lait de la mère (colostrum) est séreux, purgatif, incisif, apéritif ; il est donc analogue aux besoins du nouveau-né, qui n'est pas préparé à des aliments très-nourrissants, et qui doit nécessairement être purgé dans les premiers

moments de son existence ; puisque la non évacuation du méconium est pour lui une source de
maux. On supplée à ce purgatif naturel, mais
on ne le peut jamais que très-imparfaitement :
l'allaitement étranger laisse donc encore un
germe de maladie dans le corps, qui tôt ou tard
se développe et occasionne des accidents quelquefois mortels.

10. Le lait d'une nourrice qui n'est pas nouvellement accouchée, sera trop substantiel pour
le nouveau-né ; et le lait d'une femme de la
campagne, quelle que soit l'époque de sa couche, le sera même toujours pour l'enfant d'une
femme de la ville : nouvelle source de maladies
qui découlent de l'allaitement étranger ; car
un lait trop épais occasionne des vomisse-
ments, la diarrhée, l'obstruction des glandes
du mésentère, l'atrophie et la mort (*a*).
J'ajouterai que par l'épaississement anticipé des
humeurs que ce lait occasionne, les maladies
doivent être compliquées, et la vie abrégée.

11. Le mal que fait à l'enfant l'allaitement
étranger, ne se borne pas là ; car ce n'est pas du
lait seul de sa mère que l'enfant a besoin, les
soins maternels lui sont peut-être encor plus
indispensables.

12. Indépendamment des rapports essentiels
de la mère et de l'enfant, que l'allaitement mer-

(*a*) *Baudelocque*, Principes sur les accouchements, p. 306.

cenaire détruit, cet allaitement a par lui-même des vices qui doivent le faire proscrire. Ces vices, inhérents à la condition des nourrices, et dont l'énumération est effrayante, sont physiques et moraux, souvent impossibles à reconnaître, et ne sont point d'ailleurs, pour la plupart, susceptibles de correction.

13. Enfin, l'allaitement maternel importe autant au moral qu'au physique. Je ne pense pas pourtant que l'enfant puisse sucer avec le lait les vices moraux, mais il peut prendre la disposition à ces vices, et ces vices eux-mêmes, par la première éducation confiée aux mères et aux nourrices.

14. Si l'on réunit toutes ces causes de maux (8, 9, 10, 11, 12, 13) on se convaincra facilement que l'allaitement étranger est incontestablement funeste à l'accroissement et à la vigueur des générations, et que c'est même aux puissantes ressources de la nature, que l'on doit l'existence des individus sur lesquels ses fâcheux effets n'ont pu avoir lieu; puisqu'il est vrai que la constitution forte ou débile de l'homme, à sa maturité, dépend de ses premières années.

SECTION II.

Nécessité de l'allaitement pour la mère.

15. Dès le moment de la conception, il s'opère, chez la femme, un changement notable

qui influe sur tout le système, et dure jusqu'au sevrage. Ce changement se fait d'une manière insensible, et il a deux périodes : la première, depuis la conception jusqu'à l'accouchement; la seconde, depuis l'accouchement jusqu'au sevrage. Dans la première, la matrice est le centre d'action; les mamelles le sont dans la seconde: déranger cette insensible progression sagement établie par la nature, n'est-ce pas porter le plus grand trouble dans la machine ? n'est-ce pas déranger la santé, et peut-être pour la vie entière?

16. D'abord le sang, accoutumé à se porter à la matrice, pour servir à la nourriture du fœtus, reflue après l'accouchement vers toutes les autres parties du corps; et trouvant dans les mamelles des organes propres à en séparer une humeur, il s'y porte alors avec abondance, et ramène vers elles le centre d'action. Si l'on néglige de favoriser ce nouveau travail par l'allaitement, le sang pourra se jeter sur d'autres organes : de-là des maladies inflammatoires, ou une disposition à ces maladies.

17. Ensuite, c'est un fait constant, que l'action générale et vitale est augmentée dans l'état de grossesse et pendant l'allaitement. Si la succion et la secrétion du lait ne viennent entretenir pendant quelque temps encore la première excitation, portée, lors de l'accouchement, à son plus haut degré, la machine tombera tout-à-coup dans l'atonie, au moment où elle a le plus

besoin de ressort : de-là la stase des humeurs,
le caractère adynamique ou putride, et la prostration de forces, qui accompagnent souvent les
fièvres de couche dans leur seconde période;
adynamie qui est bientôt augmentée par la décomposition du lait et sa présence dans les premières et secondes voies.

18. Le lait n'est point transmis de la matrice
au sein. Après l'expulsion du placenta, il n'existe
point dans l'uterus d'organes capables d'élaborer
cette humeur, qui est séparée du sang par les
mamelles, glandes du genre des conglomérées.
Il ne peut donc y avoir d'affections laiteuses,
sans qu'il y ait eu précédemment du lait dans les
organes mammaires.

19. Lorsque la secrétion du lait devient si
abondante que les mamelles en regorgent, cette
humeur est repompée en *tumulte*, si on ne favorise pas son excrétion par l'allaitement, ou si
cette excrétion n'est pas suffisante; et il en résulte une fièvre dite de lait. Ce n'est que par
erreur que l'on a pu prendre cette fièvre pour
l'effet du nouvel ordre d'action ou de réaction
qui s'établit dans la machine.

20. Si le lait s'écoule ensuite par la matrice,
c'est que, reporté dans la masse des humeurs,
il s'arrête dans l'organe qui lui offre le moins
de résistance, et dont les vaisseaux béants le laissent échapper : c'est l'effet d'une véritable mé-
tastase; car il n'y a, entre la matrice et les

seins, aucune communication ni directe, ni constante dans tous les individus.

21. Cette répercussion du lait est une source abondante de maladies : aussi la fièvre de lait la plus légère est-elle toujours à craindre ; et elle l'est d'autant plus, que les affections laiteuses ne présentent souvent aucun signe sensible antécédent, et qu'il n'est, d'un autre côté, point de maladies dont le traitement soit plus long, plus difficile et plus infructueux ; car le lait répercuté ou arrêté dans quelque organe, y change de nature et augmente sans cesse sa masse, en s'assimilant une partie de matières homogènes qu'il trouve dans le sang.

22. Les maladies qu'occasionne un lait détourné de ses voies ordinaires, sont aiguës ou chroniques ; les premières arrivent le plus ordinairement pendant le temps des couches.

23. Les maladies aiguës sont des céphalalgies violentes, des phrénésies, des apoplexies, des esquinancies, des pleurésies, des péripneumonies, des asthmes, des inflammations de bas-ventre et de tous les organes qu'il contient, principalement de matrice ; des dysenteries, des inflammations de mamelles, des érysipèles, des rhumatismes aigus, des dépôts sur différentes parties ; enfin des fièvres puerpérales, miliaires, inflammatoires, exanthémateuses et putrides.

24. Les maladies laiteuses chroniques sont des céphalées, des ophtalmies, des phthisies, surtout

la pulmonaire ; l'obstruction de tous les organes, principalement celle de la matrice et celle des mamelles, qui dégénèrent en ulcère, squirre ou cancer de ces parties ; des hydropisies, des fièvres lentes ou intermittentes, des paralysies, des rhumatismes, des ulcères externes, des teignes, des dartres, des gales, des furoncles, des panaris ; la cécité, la surdité, la manie, des affections nerveuses, surtout l'affection histérique, enfin des fleurs blanches.

25. Ces maladies, (23, 24) qui sont le plus souvent la suite de l'oubli où restent les mères sur les premiers devoirs qu'elles ont à remplir envers leurs enfants, dérivent encore du mauvais usage des choses non naturelles, et principalement de la bisarre coutume de ne présenter le sein à l'enfant qu'après la fièvre de lait ; coutume qui donne aussi lieu au déchirement du mamelon, à son ulcération et à celle des mamelles.

26. Les écoulements blancs qui suivent la couche, chez les femmes qui ne nourrissent pas, quoiqu'ils soient la crise salutaire de la fièvre de lait, n'en constituent pas moins un état pathologique ; et s'ils deviennent chroniques, ils affaiblissent nécessairement l'organe de la matrice, le disposent aux pertes, aux engorgements, aux fausses couches ; occasionnent quelquefois la stérilité, et rendent l'époque de la cessation des règles réellement critique. La multiplicité des

couches et leur trop grand rapprochement, sont pour l'uterus un travail forcé, qui, en affaiblissant son ressort, produit aussi les mêmes maux.

27. Le défaut d'allaitement est donc, par rapport aux femmes comme par rapport aux enfants, *une cause de dépopulation et de dégénérescence.* (1)

28. Enfin, sous le rapport moral, la mère n'a pas moins d'intérêt à allaiter son enfant, que sous le rapport physique.

SECTION III.

Obstacles à l'allaitement maternel.

29. Les obstacles à l'allaitement maternel viennent de l'enfant ou de la mère : ils sont physiques seulement chez le premier ; physiques et moraux chez la seconde ; les uns peuvent être détruits, les autres ne le peuvent pas. Pour bien juger de la réalité de ces obstacles, il ne faut pas seulement considérer s'il en résulte un mal, soit pour la mère, soit pour l'enfant, mais bien si ce mal est plus grand que le défaut d'allaitement.

Obstacles de la part de l'enfant.

30. L'enfant, dans le sein de sa mère, acquiert *l'aptitude* à tetter : le manque de cette aptitude est un obstacle à l'allaitement, ordinairement

aisé à détruire, quelquefois impossible, chez les
enfants nés longtemps avant terme ou très-fai-
bles; et elle se perd jusqu'à un certain point,
chez ceux que l'on tarde trop à présenter au
sein.

31. Le prolongement du frein de la langue,
vulgairement le filet, est encore, quand il est
considérable, un obstacle à l'allaitement, et il
ne faut pas alors différer d'en faire la section.

32. Il est d'autres difformités, comme l'imper-
foration de la bouche, des tumeurs ou brides
sous la langue, le bec de lièvre, intéressant le
voile du palais, qui sont des obstacles plus ou
moins absolus à l'allaitement : un homme de l'art
peut seul en juger et peut seul travailler à les
détruire.

Obstacles du côté de la mère.

33. On a regardé, comme des obstacles à l'allaitement du côté de la mère, des difformités ou
un état maladif des seins, un état maladif du
corps, la faiblesse de constitution et des affections morales.

34. Parmi les difformités du sein, la première
est le défaut de mamelon des deux côtés, et cet
obstacle n'a pu jusqu'ici être levé. (a)

_____

(a) Cependant *Planque*, dans sa Bibliothèque de Médecine (art. *Monstre*), dit que l'on a vu une femme
allaiter un enfant, quoiqu'elle n'eût point de mamelon.

35. Quelquefois les mamelons, au lieu d'être saillants, sont rentrants ; mais cette difficulté n'est pas insurmontable, la succion ne devant pas s'opérer sur le mamelon seul ; mais bien sur une partie de la mamelle. Un allaitement bien dirigé, en est donc le premier et le meilleur moyen de correction : la succion, avant l'accouchement, en est un dangereux, et qui contrarie même le but que l'on se propose.

36. La grosseur des mamelons, leur petitesse, leur dureté, les formes bisarres et inusitées qu'ils peuvent affecter, ainsi que les mamelles, ne sont point de vrais obstacles à l'allaitement.

37. Un dépôt aux mamelles, une grande ulcération et un engorgement profond, en sont de réels ; une ulcération légère, un engorgement léger et partiel ne doivent pas empêcher l'allaitement, qui est au contraire un moyen d'en mitiger les suites : cependant il doit être proscrit, si ces maux, peu graves, sont la suite d'un vice cancéreux, ou de tout autre vice général des humeurs, porté principalement sur ces parties.

38. On peut commencer ou continuer l'allaitement dans plusieurs maladies aiguës ; dans la petite vérole, la rougeole, quelques fièvres continues ou intermittentes ; dans des inflammations peu considérables, des affections catarrhales ou rhumatismales : mais dans ces différentes circonstances, on ne doit donner le sein à l'enfant qu'après le paroxisme de la fièvre.

39, On ne peut commencer l'allaitement, où l'on est forcé de l'interrompre, dans les maladies très-inflammatoires, et sur-tout dans les maladies du caractère adynamique ; enfin, toutes les fois que dans une maladie quelconque, l'action vitale éprouve de grands troubles, ou qu'il y a chez la mère une grande prostration de forces. Mais si la santé et la vie de l'enfant exigent ce sacrifice ; la vie et la santé de la mère exigent à leur tour que, par une succion artificielle et modérée, on évite à celle-ci les *complications laiteuses*.

40. Les maladies chroniques ne sont pas toutes un obstacle à l'allaitement : les phthisies, le scorbut, le rachitis, les affections dartreuses, écrouelleuses, goutteuses, vénériennes, psoriques, cancéreuses ; les hydropisies, les différentes obstructions, l'épilepsie et les autres maladies convulsives essentielles, la manie, en sont d'insurmontables ; toutes les fois que ces maladies sont très-caractérisées et incurables, ou que même, susceptibles de guérison, elles sont portées à un haut degré. Dans le cas contraire, l'enfant doit profiter avec sa mère de l'action des médicaments propres à opérer la guérison de l'un et de l'autre ; car il a nécessairement la même maladie qu'elle, ou au moins une disposition à la même maladie : le lait de la mère est d'ailleurs le seul véhicule qui puisse lui transmettre sans

danger ces médicaments. D'un autre côté, une
nourrice n'ayant point les mêmes vices que lui,
et ne pouvant par conséquent être soumise au
traitement nécessaire, il ne peut être que très
difficilement guéri au sein d'une étrangère.

41. Tout vice général des humeurs passe nécessairement de la mère à l'enfant; l'enfant les
transmet à son tour à sa nourrice; celle ci com-
munique à celui-là, non-seulement les vices dont
elle était primordialement affectée, mais même
ceux qu'elle peut avoir reçus, souvent à son
insu, des nourrissons précédents. L'allaitement
étranger est donc le moyen le plus puissant de
communication des virus: motif pour la société
entière de le proscrire.

42. Les maladies chroniques, quand elles sont
un obstacle à l'allaitement, ne nécessitent pas
toujours une privation subite du sein: ne serait-
il pas nécessaire au contraire, pour la mère et
pour l'enfant, que celui-ci en soit insensiblement
privé, et qu'il soit préparé, pendant ce temps, à
une nourriture étrangère.

43. Si la mère a peu de lait, il faut y suppléer
chez l'enfant, par d'autres laits ou des aliments
appropriés à sa délicatesse: ce n'est point là un
obstacle à l'allaitement. Il est incontestable que
le manque absolu de lait en est un, lorsque l'art
devient impuissant pour en rétablir la sécrétion.
L'augmentation pathologique de cette sécrétion,

appelée par Boerrhaave, le *diabétes mammaire*, en est un autre.

44. Les règles chez les femmes qui allaitent, étant le plus souvent un signe de pléthore, ne doivent point alors empêcher de continuer l'allaitement : on ne doit le suspendre que si elles sont accompagnées d'un état de faiblesse ou de cacochimie habituelle.

45. Au surplus, le sang des règles ne peut communiquer aucun vice particulier au lait ; il est de même nature que celui qui circule dans les vaisseaux ; il n'a d'autres qualités délétères que celles qui existent dans la masse du sang.

46. La grossesse, dans les premiers mois, n'est pas un motif de discontinuer l'allaitement ; il serait même dangereux, pour l'enfant et pour la mère, de l'interrompre, sur-tout si celle-ci a une grande abondance de lait : et si on le faisait subitement et sans précaution, on pourrait déterminer un avortement.

47. La délicatesse de constitution n'est pas, par elle-même, un obstacle à l'allaitement, ni à un bon allaitement. Si la mère n'allaite pas, il y a même tout à craindre pour elle ; car le plus souvent elle ne pourra résister à la rentrée du lait dans la masse des humeurs, et à sa stase sur des organes affaiblis. Le défaut d'allaitement est principalement, pour les femmes d'une poitrine délicate ou habituellement affectées de catar-

rhes, une des sources les plus abondantes de phthisie pulmonaire.

Si ante morbum aliqua pars doluerit, ibi morbus statuitur (a).

L'allaitement d'ailleurs est moins pénible que la grossesse, et en général la femme qui a résisté à ce dernier état, pourra supporter le premier; car, de toutes les excrétions, c'est celle du lait qui affaiblit le moins. En effet, le lait n'est autre chose qu'un chyle, qui déja mêlé avec le sang, et retenant quelque chose de cette humeur, n'a pourtant pas encore subi de grands changements, ni par conséquent donné lieu à un grand travail du corps.

48. Par les mêmes raisons, la jeunesse et un âge avancé ne sont pas des obstacles à l'allaitement. Les règles étant chez les femmes le signe de l'aptitude à concevoir, il semble contre nature de leur refuser le droit et le pouvoir de nourrir, alors que cette évacuation est établie ou maintenue.

49. La grossesse et l'allaitement sont même, pour la femme pubère, un complément d'organisation; et il est hors de doute, à mes yeux, qu'une suite de grossesses et d'allaitements bien dirigés, est le moyen de maintenir chez le sexe la santé la plus parfaite, d'augmenter la force

(a) *Hippocrate*, aph. 33, §. 4.

du corps, et de procurer une vieillesse longue et heureuse.

50. Les causes morales ne sont point, par elles-mêmes, des obstacles à l'allaitement; mais elles le deviendront, quand elles auront porté sur le physique une action délétère et permanente; elles rentrent alors dans la classe des affections corporelles, et doivent être jugées comme elles; mais on doit éviter leurs effets passagers, en ne présentant l'enfant au sein que hors des accès de la passion.

51. Le séjour des villes, la constitution vaporeuse des femmes, leur mode d'exister, ne sont point des motifs suffisants pour proscrire l'allaitement.

52. Enfin, il est des circonstances où les règles ordinaires ne peuvent avoir d'application; où il peut exister une disposition cachée et contraire du corps à l'allaitement. Ces cas ne peuvent être prévus ni spécifiés : un ou plusieurs allaitements malheureux pour la mère ou pour l'enfant, sans cause apparente, peuvent seuls faire conjecturer ces anomalies.

53. Ces différents états du corps (37, 38 40, 42, 43, 44, 46, 47, 48, 50) demandent un plan particulier d'allaitement, subordonné aux circonstances, et réglé par un homme de l'art. Il est même des remèdes à l'action desquels il faut soustraire en partie l'enfant; tels sont entr'autres les narcotiques.

SECTION IV.

L'allaitement considéré comme moyen de guérison pour la mère.

54. L'allaitement peut et doit, dans certains cas, être employé comme moyen de guérison pour la mère, en calculant cependant les risques que peut encourir l'enfant, et en prenant les précautions nécessaires pour l'en garantir. (53)

55. On peut mettre d'abord, au nombre des maladies dans lesquelles il offre un moyen de guérison, toutes celles où le corps ne souffre que par le défaut d'énergie vitale ; telles sont les débilités d'estomac, de poitrine, de matrice, etc.: et par le repos qu'il fera prendre à ce dernier organe, il s'opposera surtout à la fréquence des faussescouches. (26)

56. L'allaitement détruira la disposition aux maladies inflammatoires, principalement en employant à la nourriture du fœtus, la surabondance du sang.

57. Il pourra guérir ou mitiger les affections nerveuses, soit qu'elles viennent de faiblesse d'organisation (55) ou de réplétion sanguine. (56)

58. Si le mariage, et par suite, la grossesse, sont utilement employés dans les irrégularités des règles ou leur suppression, dans la chlorose, dans la nymphomanie, l'allaitement doit com-

pléter le traitement : l'inexécution de cette règle
peut donner lieu à des rechutes.

59. L'allaitement est un des moyens les plus
puissants de guérison dans les affections laiteuses récentes, aiguës ou chroniques, surtout dans
les engorgements des mamelles ; mais quoiqu'il
doive être employé dans les invétérées, il l'est
souvent sans succès.

60. L'allaitement balancera avantageusement
l'action des affections morales perturbatrices,
sur-tout de la nostalgie ; principalement par le
contentement et l'occupation qu'il procurera à
la mère. Les effets de ce contentement doivent
être aussi comptés pour beaucoup dans la guérison de plusieurs affections corporelles. (55 ;
57, 58)